光文社文庫

文庫オリジナル

深夜枠

神崎京介

光文社

目次◆深夜枠

プロローグ

岸谷亮一《きしたにりょういち》は女が好きではない。

元来、女嫌いだったというわけではない。そうなるには、理由がある。

八ヵ月前である。

二年あまりつきあった女と別れた。粘着質の女だった。別れるまでに、泥沼の話し合いを一年近くしなければならなかった。

たった二年の交際なのに、別れるのに一年かかった。つまりは、鬱々《うつうつ》とした日々を一年近く過ごさなければならなかったということになる。それだけでも、女が好きではなくなるのに十分な理由になるだろう。

明日の八月三日、岸谷は三十歳の誕生日を迎える。

子どもの頃から、母には、『おまえを産んだ日は、朝からすごく暑かったの。近所の産科に入院していたけど、お父さんは出張中でひとりだったから、心細かった。だから、わたしひとりで産んで、亮一もひとりで生まれてきたの。だから、頑張りなさい』と、誕生日が近づくたびに言われてきた。

母は今も元気だ。土産物屋に土産品を卸す工場でパートで働いている。父は三年前にリタイアしたが、実家の裏庭にある竹藪を利用することを思いついて、竹細工の職人になろうとの決意のもと、六十の手習いに励んでいる。

つまり、岸谷はごくごく普通の家庭に生まれて、普通に育ち、ごく普通に進学して東京で就職した男である。それでも、今は女が好きではない。

岸谷は自動車販売会社で営業の職についている。

配属先は、代官山《だいかんやま》営業所。修理工場を備えたショールームで、旧山手通り沿いにある。三軒茶屋《さんげんぢゃや》のアパートからは、バスと徒歩で二十分程度と近い。中央線の中野《なかの》から引っ越したのは五年前だ。それからというもの、遅刻は一度もしていない。

仕事は好きだ。人に車を売るのは面白いし、自社の車に誇りも持っている。いちばん好きな車はポルシェで、叶うものならいつか手に入れて、箱根《はこね》のターンパイクを颯爽《さっそう》と走り抜けてみたいという夢を抱いている。

岸谷の営業所内での人間関係は良好だ。所員が企画する花見にも行くし、多摩川《たまがわ》でのバーベキューといった企画にも参加する。所長との親交もある。つまり、岸谷亮一という男は、普通のそつのない真面目な男なのである。意地の悪い言い方をすると、とりたてて特長のない、どこにでもいる男ということになるだろうか。

つまらない男は一生つまらない男かというと、そんなことはない。日々の努力によって面白い男に変われるし、きっかけを摑《つか》むことで才能が開花し、魅力的な男になることだってある。

岸谷は、三十歳の誕生日をきっかけに、変貌を遂げることになる。

誕生日をひとりで過ごそうと思っていた岸谷に、ある誘いがあったところから、すべてがはじまった。

八月三日、金曜日午後八時。

代官山営業所のショールームの明かりが消えた。

岸谷亮一の運命が動きはじめる。

第一章　大人の目覚め

1

　岸谷亮一が代官山営業所の川口広志《かわぐちひろし》所長に呼び止められたのは、従業員専用ドアのノブに手をかけたまさにその時だった。

「岸谷君、ちょっと待った」

　川口所長は五十五歳。代官山営業所の所長になって七年。岸谷が配属されたのと同じ頃に異動してきた。髪を黒々と染めているために薄毛は目立たないが、額《ひたい》はずいぶんと後退している。

　川口の用件は意外なものだった。

「今日は君の誕生日だったたな。予定がないなら、ちょっと飲まないか？」

　八月三日。今日は誕生日だ。

この営業所に配属になって八年目だけれど、個人的にそんな誘いを受けるのは初めてだった。所長はもちろんのこと、同僚からもだ。

ふたりは渋谷道玄坂《しぶやどうげんざか》の居酒屋に入った。

ここは所員たちには馴染《なじ》みの店だ。暑気払いとか花見の後で集まって飲む時などに使っている。地下で目立たないせいか、若者が少なくて落ち着くのがいい。メニューは多く、しかも安い。

生ビールがテーブルに運ばれてくると、所長が誕生日を祝う短いスピーチをして乾杯をした。人心地つくと、所長はおもむろに切り出した。

「君の個人的なことに干渉する気はないということは、まず断っておきたい……。岸谷君は三十歳になった。うちの営業所の状況も年々厳しさを増しているが、これを機に気合を入れ直してますます頑張ってほしい」

岸谷は深々とうなずいたり、小さな唸《うな》り声をあげたりして所長の言葉に応えていた。しかし内心では、何も感じていなかった。頭に入ってこなかった。いや、入れるのを拒んでいた。

勤務時間外にまで、上司の説教など聞きたくない。

小一時間が過ぎても、所長は言いたいことを言いつづけ、岸谷は相づちを打つことに徹して飲んで食べていた。

「君が恋人と別れたという噂《うわさ》を聞いて、実はずっと心配していたんだ」

岸谷は動かしている箸《はし》を止めて、所長に目を遣《や》った。

「誰から聞いたんですか？」

所員は修理工場の三人を含めても、総勢で九人の小さな所帯だ。四十二歳の副所長や入社してきたばかりの新人にはもちろんのこと、総務全般を仕切っているお局《つぼね》にも話していない。

噂を広めたのが、近藤啓治《こんどうけいじ》だとは察しがついた。同い年だけれど、浪人したために入社が一年後になった男で、所内でいちばん仲がいい。いつだったか、ふたりで飲んだ時、泥沼の関係だった女とやっと別れられたと明かしていた。

別れたのは事実だから所長に言われるのは仕方ないけれど、近藤から伝わったことは嫌な感じだった。

「そろそろ落ち着いてもいい齢《とし》なんじゃないかな。営業畑で生きてきた先輩の言葉として聞いてほしいな。とにかくだ、早く決まった人をつくって、仕事に専念できる環境をつくったほうがいい……」

微妙な空気になったのに、所長はなおもその話題をつづけた。我慢して聞いているが、早く結婚したほうがいいと言うのは、セクハラやパワハラになるはずだ。コンプライアンス委員会に通報されたら、困るのは所長だ。

「次、行くか？」

小一時間経ったところで、所長が腰を浮かせた。

まさか誘われるとは。

ゾッとした。同僚ならまだしも、所長とふたりきりで二次会に行くなんて。強制するならパワハラだ。これもまた、コンプライアンス委員会に通報できるレベルだ。

所長は立ち上がった。岸谷もつづく。我慢して行くしかない。

所長は店を出たところで、タクシーを止めた。乗り込むとすぐ、六本木《ろっぽんぎ》の交差点に行くようにと、運転手に指示をした。

「久しぶりに、ちょっと変わったところに行ってみようと思ってね。君、あっちのほうは嫌いじゃないだろう？」

「所長の言う『あっち』が風俗だとしたら、あまり興味はないと思ってください。連れて行くなら、ぼくじゃないほうが盛り上がると思います」

「まあ、そう言うなって」

六本木の交差点でタクシーを降り、ミッドタウン方面に歩いていった。二本目の小路を左に折れ、百メートルほど先の赤いレンガのビルの三階の店だった。

サロン・ド・ノワール。直訳すると、暗黒の応接室。

店に入ってすぐ、SM関係の店だと理解した。こういった店がまだあったのかと不思議な気がした。

SとMという性癖《せいへき》を扱う店や雑誌、インターネットのホームページなども、今ではあまり見かけなくなった。キャバクラのホステスとの会話でも、いつ頃からか、「性癖は、SとMのどっち」とか「どっちかというと、Mの癖《くせ》のほうが強いかな」といったやりとりもしなくなった。

革のコスチュームを着て黒い網タイツを穿《は》いた、スタイルのいいホステスが席についた。

「いらっしゃい、川口さん。お久しぶり。こちらのお若い方は、初めてのようね。岬姫《みさきひめ》花《か》といいます。どうぞ、よろしく」

二十代後半の美人だ。潤《うる》んだ瞳がきれいだ。面長《おもなが》で鼻筋がすっと通っていて、ふっくらとした頬にどぎついくらいに濃いチークを入れている。この女性、明らかに女王様役とわかるが、今は水割りをつくる素直なホステスだ。

「うちの店は、ショーが売り物ですから、ぜひとも楽しんでくださいね」

姫花は席を離れた。

「所長はSM好きなんですか？」

上司と秘密を共有するような感覚が少しうれしい。これはこれで有意義な誕生日になったとも思う。所長は曖昧《あいまい》な笑みを浮かべただけだった。

ショーが始まった。

照明が落ち、鞭《むち》の鋭い音が店内に響いた。先ほど水割りをつくっていたホステスが、不敵な笑みを浮かべながら鞭を床に叩きつけている。BGMを流さないのは、このおぞましい音を強調するためだろう。

半径一メートルほどの小さな円形の舞台に照明が当たった。ショーツだけになっている女性が正座していた。マゾ役だ。

女王様はひと言も発せずに、彼女を縛りはじめた。手際がよかった。ものの二分程度で亀甲《きっこう》縛りができあがった。女王様役には、職人的な手業が必要なのだと思ってしまう。

この女王様、縛るのも早ければ解《ほど》くのも早い。亀甲縛りを解くと、マゾ役の両手を背中に回させたまま、ぐるぐる巻きにした。天井の滑車を下ろして、女の背中の縄を滑車のフックにかけた。

女は苦悶《くもん》の表情を浮かべて吊るされる。よく耐えられるものだと感心してしまう。仕事とはいえ、マゾ的な資質がなければこんな苦しいことには耐えられないはずだ。

女王様がマゾ役の女を下ろした。次は蠟燭《ろうそく》プレイだ。蝶ネクタイの黒服姿のウエイターが極太の蠟燭に火をつけた。その間に、女王様は甲斐甲斐しいくらいに手早く、縄を解いていく。

二の腕や乳房に、縄の跡が赤くくっきりと残っている。無残と思えばいいのか、美しいと感じるのがいいのか。そこに容赦《ようしゃ》なく、蠟が垂らされていく。

「ううっ、うっ、うううっ」

苦しげな呻《うめ》き声があがった。

赤い蠟は、乳房のなだらかな斜面を滑り落ちていくうちに冷えて固まる。乳首が蠟に埋まって見えなくなる。これでおしまいではない。

女王様はマゾ役に舌を出させた。嫌がる素振りを見せると、女王様は鞭を床にたたきつけて脅した。マゾ役はビクッとして豊満な体を縮《すく》めた後、おずおずと舌を差し出した。

舌に蠟が垂らされた。

彼女はうっとりとしていた。

熱さや痛みに耐えているうちに脳内に興奮物質がでてきて快感が生まれる。マゾの女が耐えられるのは、脳のそんなメカニズムに拠《よ》るものだ。そういう理解をしても、やはり無残としか思えなかった。

昭和の時代に隆盛を極めた性の商品としてのSMが、数十年を経てすっかり廃《すた》れた理由がわかる気がした。

今という世の中は、無残な女を見て面白がったり、女を虐《しいた》げて満足感を得たり、征服欲を味わったりする時代ではなくなったのだ。この分析は絶対に正しい。

約三十分のショーは終わった。

岸谷たちを含めて四人の客は精一杯の拍手をした。女王様の姫花が挨拶をした後、マゾ役の女が客のテーブルにつく。マゾ役もホステスになるのだ。

姫花はマゾ役の彼女を、ナオミと紹介した。

「真性マゾのナオミが、皆様のテーブルを回らせていただきます。マゾの感覚や意識について、なんなりとご質問なさってください。今夜はありがとうございました」

ナオミがテーブルにやってきた。

「ナオミちゃん、今夜のショーは迫力あったねえ。さすがは、本物のマゾが演じているだけのことはある。お疲れさま。さあさあ、飲んで飲んで」

所長は今夜いちばんの笑顔を浮かべた。上機嫌だ。ＳＭに興味のない部下のことなど眼中にない。

「所長、彼女に訊《き》いてもいいですか？」

「おうっ、いいよいいよ。岸谷君、やっと面白さがわかってきたようだね。遅いなあ、ほんとに」

所長のうれしそうな表情は、ナオミのテンションも上げていく。

「ナオミさんは真性のマゾって紹介されましたけど、そういう人は、たとえば、やさしい男を好きになったりするんですか」

「わたしは、やさしい人が大好きです。プレーの時だけでいいんです、厳しく責められるのは。なので、わたしには川口さんみたいな人が理想です」

彼女の社交辞令に、所長は嬉々《きき》として満面に笑みを浮かべた。

ホステスにとっての理想の男性は、毎日店に来て、金払いのいい男のはずだ。やさしいかどうかは二の次だろう。所長、しっかりしてくれ。

姫花もテーブルについた。

さすがは女王様だ。鋭い目つきや居丈高《いたけだか》な態度に圧倒される。それでいて、話し言葉は客をもてなすホステスそのものだ。このギャップに痺《しび》れてしまう男もいるのだろうが、岸谷にはそんな感性はない。

「どうですか、岸谷さん。楽しんでいただけましたか」

「ドキドキさせてもらっています。次は、ひとりで飲みに来たいと思います」

岸谷は心にもないことを口にした。そんなことが平気で言えるのは、車を売るための日々の会話がトレーニングになっている。

「本当ですね、約束ですよ」

姫花のホステスとしての顔と女王様としての顔が、一瞬交錯した。そしてうれしそうに微笑んだ。

所長がトイレに立った時、彼女はこっそりと囁《ささや》いた。

「店に来なくてもいいから、今度、どこかで会いませんか？　わたし、岸谷さんのこと、気に入ったみたい」

姫花は流し目を送った後、はにかむような笑い顔を浮かべた。本気のはずがないから、
岸谷は愛想笑いで応えた。

「ぼくにはマゾの資質はありませんから、会ってもつまらないですよ。それでもいいなら、
会いたいですよ。こんな美人とデートできるんですから」

「だったら、会いましょう。約束しましたからね」

姫花は即座に、翌週の日曜日が都合がいいと予定を口にした。

三十歳の男の運命が、ついに動きだした。

2

約束の日曜になった。
午後七時。
八月上旬のこの時間はまだ明るい。待ち合わせたのは、表参道《おもてさんどう》の交差点にある銀行の
前だ。時間通りに彼女は、現れた。
姫花はタンクトップに短パンというラフな格好だった。その姿を見て、岸谷の緊張のほ
とんどが失《う》せた。女王様スタイルを連想させる派手な姿ではない。

化粧もごく普通で、ナチュラルメイクだ。店では瞼《まぶた》の上下に濃いアイラインを塗りつけていたが、今はほとんど目立たない。威圧感もなかった。

岸谷が予約したイタリアンの店に入った。

裏通りの店は、日曜ということもあって空席が目立った。

「ぼくと姫花さんは、どっちが齢が上なんですかね。店にいた時の姫花さんは年上に思えたけど、今は印象が違います」

奮発してシャンペンで乾杯した後、互いに自己紹介をした。

彼女は二十八歳で、出身は名古屋《なごや》ということだった。美大を卒業して二年間、映像関係の仕事に就いた後、ＳＭショーの業界に飛び込んだという。六本木の店は三軒目で、二年目になる。

「あの店は姫花さんがオーナーの店なんですか」

「ははっ、違うわよ。あんなにいい場所に、この齢でわたしが店を出せるはずがないって。わたしは雇われママ」

「それにしても、今も信じられないですよ。一度店に行っただけなのに、あの店のママと会っているなんて……。どうしてぼくと会おうと思ったんですか。ワケを教えてもらえますか」

岸谷はグラスをゆっくりと置いて、姫花を見つめた。

ここぞという時、目をそらさず真剣に瞳を覗《のぞ》き込みつづければ、相手はそれを本気と受け止める。長年の営業経験で得た知恵だ。

「照れるわね、目をじっと見つめられるって……。そういう人って、意外と少ないの。女王様をやっている時もそうだし、普段でもね。だけど、岸谷さんは違った。あの夜も、わたしの目を真正面から見つめてきた」

「そうでしたかねえ」

「この人、もしかしたら、信用できるかもしれないって思ったの。それだけじゃない。この人は、変わっていける人だって」

「変わっていける人？」

岸谷はうっすらと鳥肌がたつのを感じた。

ワクワクした。

どういう意味で言ったのかわからないが、女王様の時のどんな高飛車な物言いよりも、今の言葉のほうが刺激的で心に響いた。

「わたし自身が変わっていける人なんです。岸谷さんが同じタイプだと感じたから、会ってみようかなって思ったんです」

説明になっていなくて意味がわからなかった。けれども、彼女が送ってきた熱い眼差《まなざ》しを受け止めるうちに、どうでもよくなっていた。

「あなたは、変われる人？　今の自分から、別の自分に変えられるかな。本気で訊いています。だから、あなたも本気で答えてください」

やはりどういう意味かわからなかったが、姫花が正直に心をぶつけてきていることはわかった。

さあ、どう返事をしようか。

3

人には必ず、正直に本心を明かすべき時がある。

それはどんな時かといえば、人生を変えるチャンスがきた時なのだ。

岸谷も感じた。

今、自分は人生の分岐点に立っている、と。

彼は生きる感度が鋭かった。

「ぼくは、変われる人だと思います。それだけの柔軟性だってあるんじゃないですか。だけど姫花さんの質問が、マゾに変われるか？　という意味なら、たぶん、変わりません。正直、ヘンタイ的なことに興味はありません」

覚悟を決めて気持を正直に明かしたわりには、つまらないことを口にしたと思った。恥ずかしさに頬が熱くなるのを感じた。もっとマシなことが言えたはずだと悔やんでみても遅い。

「すみません、つまんないことしか言えなくって。自分でも、呆《あき》れちゃいました。つまらない人間はつまらないことしか言えないんです」

岸谷はこの会社に就職してからというもの、ここまであけすけに、自分の心を晒《さら》したことはなかった。

岸谷の考え方はこうだ。

もし会社を辞めたら、同僚とのつきあいは終わる。退職後も関係がつづくことはない。つづくと考えている人は、おめでたい。なので、終わる人間関係なのだから、心が触れあうようなつきあいをすることはない、と。

「つまらないって自覚しているのは、せめてもの救いかな。最悪なのは、平凡でつまらないことに気づかない人が、偉そうに人生を語ること……」

「手厳しいですね」

「なぜ、つまらないのか、その理由を考えたことがある？」

「才能ですか」

「つまらないことしかやってこなかったからよ。テストの成績が悪くても面白い人はいっぱいいる。面白いことをたくさん経験しているからよ」

岸谷の心が少し動いた。ヘンタイ的なことは無理でも、変わったことなら経験してみたい、と。

姫花がバッグからノートを取り出した。

表紙はれんげ草をモチーフにしたデザインで可愛らしい。端がうっすらと汚れていて、使い込んでいるのが見て取れる。

「これ、わたしの日記。中学一年生から書いているんだけど、このノートは中三の頃のものかな」

岸谷はノートを手渡された。

「あなたが変われる人だと確信が持てたから、日記を読んでもらおうと持ってきたの。遠慮しないで読んでみて」

「なぜ、ぼくに？」

「わたしは変わっていく人間。君もそうでしょう？　だから、これからふたりで一緒に変わっていけたらいいなと思ったの」

「では、ありがたく拝読させていただきます」

最初のページを開いた。

上手とは言えない丸い文字が横に書いてある。罫線《けいせん》に沿って書かれていない。行が空いているところもある。きちんとした性格ではなさそうだ。

岸谷の目は、「部室に火をつけた」という一文で止まった。

——七月二日。期末試験の前日。野球部の部室に火をつけた。試験がなくなればいいと思ったわけじゃない。いちばんの理由は、野球をやっているってだけで偉そうにしている奴らが大嫌いだったから。警察に捕まるのは怖いけど、そんなことよりも、大嫌いだっていう気持のほうが重要、わたしには。

別のページを開くと、「美人局《つつもたせ》に失敗」というくだりに目を奪われた。ショッキングな内容だった。

——九月一日。先に三万もらったから、じじいがシャワーに入っているスキを狙って逃げようとしたけど、ラブホって、精算しないと内側からはドアが開かないってことに初めて気づいた。結局、やられちまった。ジジイ、得した。三万でぴちぴちの高校生をものにしたんだから。ジジイの名刺、財布から一枚抜いておいたから、いつか使ってやる。

平凡な学生生活を送っていた岸谷には、姫花の悪行がにわかには信じられなかった。

「これって妄想ではなくて、事実なんですか」

「さっきも言ったけど、これは日記。妄想なんて書くわけがないでしょう」

日記だから嘘は書いていないというのは、まやかしだ。

他人に読まれるかもしれないと思いながら書いた日記なら、そこに書かれている事実に嘘が入っていたとしても不思議ではない。どんな場合でも、人は自分をよく見せたい。それがたとえ日記であってもだ。

「どういう反応をしていいのか戸惑います。すごいことをしてきたんですねと感心すれば満足するんでしょうか。それとも、昔悪いことをやったから人間の幅が広がったんですかとでも尋ねればいいんですか」

精一杯の皮肉を込めた。こんなものを見せられて平然としていられるほど、岸谷は老成していない。

「あなたのことを、信頼できる人で、変われる人だと思ったからこそ読んでもらったの。何を言いたいかといえば、わたしと一緒に変わっていきましょう、ということ」

彼女は魅惑的な微笑を浮かべるとつづけた。

「わたしと一緒に、ある人のお宅を訪ねてほしいの。ここから近い高級住宅街に住む大金持ち。気に入られたら、車の二台や三台、買ってくれるかもしれないわ」

「そのお話、惹《ひ》かれないといったら嘘になりますが、営業マンのぼくの経験からすると、そういうお金の使い方ができる人は、社会的によろしくない勢力の人のような気がしますけど……」

危なっかしい話だと感じた。たいがい、大きく売上げが立ちそうな甘い話の時ほど、裏に危険がひそんでいることが多い。

岸谷は断ろうと思った。

売上げが立つからといって、自分の身を危険に晒してまで会社に尽くし貢献しようという気はない。そんな発想は、昭和の世代のモーレツ社員のものだ。

「気乗りしないみたいね。だったら、こういう言い方をしたらどうかな……。今まで経験したことのないことが味わえるとしたら、どう？」

「話がうますぎませんか？　世の中、そんなにおいしい話は転がっていないもんです」

「身の危険はないから安心して。わたしが保証するわ。大人として目覚めるチャンスがあるってこと。あなただけじゃない。これを機会に、わたしも変わりたいの。だから、お願い。一緒についていって」

最後は泣き落としに出られたが、話は平行線のままで終わった。地下鉄の表参道駅の改札で別れたが、何の未練もなかった。

これで彼女の店に行くこともないし、休日にふたりだけで食事をすることもないだろう。

第二章　男の娘《こ》の経験

1

岸谷は今、渋谷区神山町《かみやまちょう》のある邸宅にいる。大使館が点在している高級住宅街だ。渋谷駅が近いのに閑静《かんせい》で、歩いている人は少ない。

午後九時過ぎ。仕事帰りだ。

隣には姫花がいる。二度と会うことはないと思っていたが、電話が来ると、待ってましたとばかりに会いに行った。

彼女はタイトスカートのスーツ姿だ。今夜もOLらしい雰囲気を漂わせていて、この格好からは、六本木のSMクラブで女王様を生業《なりわい》にしているとは思えない。仕事のできる役員秘書といったところか。

邸《やしき》の広大な敷地は、高い塀《へい》に囲まれている。ここの塀沿いの道は、納車などで何度も走っている。どんな金持ちが住んでいるんだろうと考えたことはあるが、まさか、内側から塀を眺めるとは想像もしなかった。

白壁の瀟洒《しょうしゃ》な二階建てだ。企業の保養所と見紛《みまが》うくらいに、玄関もリビングルームも庭も広くて豪華だ。

六十代とおぼしきお手伝いの女性がお茶を運んできてから、五分は経っている。主はまだ姿を現していない。

「吹き抜けの玄関のシャンデリア、見事でしたね。この高級住宅街でこれだけの敷地に住める人だから、ただ者じゃない……。いったい、何者ですか」

姫花からは、ひとつも説明を受けていない。渋谷駅で待ち合わせて、タクシーでここまでやってきた。

「誰だっていいの。そんなことより、ここで見聞きしたことや経験したことは絶対に口外しないこと。彼からも改めて念を押されると思うけど、いい？」

岸谷はうなずいた。しかし、会社に戻って、仕事用の精細な地図を調べれば、誰が住んでいるかくらいはわかる。

玄関に通じる観音開きのドアが開いた。

ヒールの音が響いた。家の中なのに、靴を履《は》いているのかと思っていると、ワンピース姿の背の高い女性が現れた。

いや、違う。

女装娘《ジョソコ》だ。

肩幅といい、顔の大きさといい、どこからどう見ても男そのものだ。赤茶色のロングのカツラが不自然だ。四十代後半。髭《ひげ》を隠すためだろうか、老いを見せないようにするためだろうか、厚化粧が痛々しい。

岸谷は笑うのを堪《こら》えて、くちびるを噛んだ。

「こんばんは、いずみさん。こちら、岸谷亮一さん」

姫花は淡々とした口調で女装男に岸谷を紹介し、三軒茶屋に住んでいることや、代官山にある車のディーラーに勤める営業マンであることも明かした。身元を明かすことで、ここでのことを言いふらしたら、仕事に影響しますよ、という意味を込めたのだろう。

女装している男を間近で見るのは初めてだ。

ロングのかつらは毛先がロールしていて、男っぽさが出てしまう骨張った首元をうまいぐあいに隠している。ワンピースは長袖で、丈《たけ》も長くて膝《ひざ》を隠している。隠せるところはすべて隠して、男の痕跡を消そうとしている。

男に興味はないから性的に興奮はしないけれど、正直、よくわからない高揚感はある。お化け屋敷に入る直前の高ぶりに似ているだろうか。そこには、見てはいけないものを見てしまった時に抱く罪悪感も混じっている。

「いずみさんは意気地《いくじ》なしだから、外出する勇気がないの。それでも、他人に自分を晒してみたいの。女装者特有の気持なんだけど、岸谷さん、わかる？」

岸谷は首を横に振った。

わかるはずがない。

姫花の目を見た。彼女はいったい何を求めているのか。まさか、この女装者とつきあえというのではあるまい。

「わたし、どうでしょうか」

いずみが口を開いた。

男の声そのものなのに、女の言葉遣いだった。過剰に女を意識しているせいか、奇妙な感じだ。それはテレビに出てくるニューハーフやオカマが遣う大げさな女言葉への違和感と同じだ。

「きれいだと思います。失礼ですが、女装は趣味ですか？　性同一性障害のたぐいなんでしょうか」

「趣味ですよ。わたしは元々、女の人のお洋服を着たり、お化粧をするのが好きだったの。女になりたかったけれど、勇気がなかったから、今もこうしてコソコソと隠れるように楽しんでいるの」

「ぼくに何かしてほしいことがありますか」

「姫花さんと同じように、わたしを女として扱ってほしいの」

「扱うって……」

「特別なことはしなくていいのよ。ただただ、女として接してほしいの。それが望み。あなたがどうしてもイヤとおっしゃるなら、わたし、諦めるわ」

「いいですよ、それくらいなら」

簡単なことだと思った。この程度のことは受け入れてもいい。姫花は安心したように微笑むと、すぐさま言った。

「いずみさんを庭に連れ出してあげたら。誰にも見られることはないから、いいんじゃないかしら」

ガラス張りのリビングルームの前面には、テニスコートがつくれるくらいの広さの芝生が広がっている。

リビングルームから直接、庭に出た。常夜灯がいくつもあって、ふたりの影はそれぞれ四方にできている。

しかしそれは、十数秒後にひとつになった。

いずみが岸谷に腕を絡めた。

ごつい腕のはずなのに、女性の弱々しい腕に思えるから不思議だ。おぞましさと滑稽《こっけい》さという相容《あいい》れないふたつの感覚が入り交じっていて奇妙だった。彼女の背はさほど高くない。紫色のパンプスが妖しい。

　香水の匂いが夜風に吹かれる。見つめ合っていなければ、女装者だという意識は薄くなる。男に触れられているという気味の悪さはない。ワンピースと香水と長い髪のかつらのおかげだ。

「わたしのほうが年上でしょうけど、いずみって呼んで。今こうしている間だけでも、あなたの女だって思いたいの」

「いずみは、さっきと比べて口調も雰囲気も女っぽさが増しているね」

「あなたのおかげ」

「ぼくたち、姫花さんに見られているよ。いずみ、恥ずかしくないかい」

「ああん、恥ずかしい」

　いずみは演技めいた細い声をあげると、岸谷の肩に顔を埋めた。といっても、スーツに触れることはない。化粧が付かないようにという配慮だ。これを女の気遣いと言うべきなのか、男の気遣いなのか。

「いずみのおっぱい、何カップかな。すごく大きいよね……。こんなこと訊くのって、失礼だった？」

「これは本物ではないの。人工乳房なの」

　人工乳房は、乳がんを患った女性のために開発されたものである。それがいつ頃からか、女装マニア向けにもつくられるようになった。安価なものは数千円で手に入るが、シリコン製の精緻《せいち》なものになると二十万円以上することもある。

「おっぱいだけじゃないのよ。女の大切なところを精巧に模した『ガフス』と呼ばれるものもあるの。おちんちんをお尻のほうに回して、それをつけると、本物の女みたいに、股間が真っ平らになるの」

「今もそれをつけているんですか」

「さあ、どうかしら。ふふっ、直接、確かめてみてもいいわ」

「いえいえ、さすがにそれは遠慮しておきます」

大げさに断ることで、ふたりの気持はやわらいだ。いずみの口調からこわばりが消えて自然なものになった。

「いいのよ、触っても。どうせ、減るもんじゃないし……。わたしの場合、触られると、減るどころか、体積が増えるの」

岸谷は思わず笑ってしまった。下卑《げび》た話はいかにも女装者らしい。

姫花が手招きをしていた。

ふたりはリビングルームに戻った。

「腕を組んだふたりの後ろ姿、恋人同士みたいだったわ。お似合いじゃない？　いずみさん、どう？」

「楽しい人ね、岸谷さんって」

「いずみさん、可愛いっ。頬が赤くなっているわ。この人に、恋したの?」

「無理にくっつけないで、姫花さん。こういうことって、相手があることよ。わたしが良くても、岸谷さんがイヤかもしれないもの」

いずみの瞳は潤んでいた。岸谷はハッとした。

この女装者は話しながら興奮しているのだ。でもその興奮が、男としてのものなのか、女としてなのか。

「いずみさん、二階に行く?」

姫花が訊くと、いずみは伏し目がちに立ち上がった。

姫花は岸谷に目配せした後、先を歩きだした。

リビングルームのドアを開き、玄関正面の階段を上がりはじめる。部屋の間取りが頭に入っているのだろう。まごつく様子はない。

いずみのワンピースの裾が軽やかに跳ねる。ふくらはぎを包んでいるストッキングがキラキラと艶《あで》やかに輝く。部屋の中だというのに履いているいずみの低いヒールのパンプスが乾いた靴音を響かせる。

女性として見られたい彼女にとって、誇らしい一瞬のはずだ。

岸谷にもいずみの心情が少しだけ理解できた。パンプスではなくて、スリッパを履いたとしたら、せっかくの女装が台無しになるだろう。

いずみが振り返り手招きした。細い指だった。関節が節ばっていて男っぽかったけれど、赤いマニキュアが補っていた。

「あなたも、早くいらして……」

岸谷は戸惑っていた。不安と高揚感が入り交じった興奮の中にいた。

どうしよう。

帰りたいけれど、このままひとりで帰るわけにいかない。責任感のようなものがあるせいで勝手に帰れなかった。

2

岸谷は二階の突き当たりの部屋に入った。東南の角。主寝室だ。

ここも広い部屋だった。キングサイズのベッドは天蓋《てんがい》付きで、白いレースが垂れている。女が好むベッドの装いだ。

姫花がベッドに腰をおろし、いずみは濃紺のベルベットを張ったひとり掛けの椅子に座って足を組んだ。

岸谷は傍観者として、いずみの斜め向かいの椅子に腰掛けた。何に起因する責任感かはわからないが、とにかくその責任感によって、二階に上がってきた。

今なぜか、勃起している。

妖しい雰囲気に、体が単に反応しているだけだと理解していた。

女装者に興味はないし、ホモセクシャルでもない。ヘテロセクシャルだと自覚もしている。だからこの勃起は性欲によるものではないと納得する。

「緊張しているの？」

姫花が声をかけてきた。

返答次第では拒めなくなりそうで怖い。この邸に来たことも、二階に上がったことも、岸谷に責任感があったからこそであって、性的な欲望に引きずられたわけではない。

「黙っていないで、何か言いなさいって」

姫花が容赦なく問い詰めると、いずみが微笑んだ。

「姫花お姉様って怖いなあ……。誰だって、知らない世界を目の前にしたら、すくむものよ。大目に見てあげたらいかが」

「仕方ないなあ。意気地なしの君、そこで見ていなさい」

姫花は呆れたように言い、いずみを誘った。

ふたりは洋服のまま抱き合った。首から下に限定すると、女同士が抱き合っているように見える。

「あん、ダメ、お姉様。わたし、息ができない……」

いずみが熟女のように甘い吐息をついた。彼女のボルドー色のワンピースが、膝頭《がしら》のあたりまでめくれる。姫花のタイトスカートもずり上がっていて、太ももの付け根近くまであらわだ。

「お姉様は、わたしの感じちゃうところがわかっているのね」

「全部わかっているさ……。ほら、触ってごらん。こんなに固くなっているよ」

姫花は囁きながら、いずみの骨張った手首を摑んで、タイトスカートに包まれた股間に運んだ。

固くなっているとは、どういうことだ?

岸谷は固唾《かたず》を飲んで見守った。

いずみの手がおずおずと、姫花の股間に触れた。

厚化粧が恥じらう。目が潤む。まばたきの回数が多くなる。つけまつ毛が大きく上下する。真っ赤なくちびるが半開きになる。

「ああっ、すごく固い……」

吐息が洩れた。女そのものだ。

ふたりの会話を目を閉じて聞いたら、男と女の睦言《むつごと》に聞こえるだろう。いずみは女で、姫花が男だ。

こういう世界があるのかと思った。いいとか悪いとかではない。入りたいとか入りたくないとかとも違う。初めて見せられた世界観に高揚し、感激した。

「少しは興味が出てきたんじゃない？」

姫花がタイミング良く、声を投げてきた。

「気にしないで、お姉様。無理《むり》強《じ》いしたら悪いわ」

いずみは姫花のタイトスカートの中に真っ赤なマニキュアの指を潜り込ませた。薔薇《ばら》の刺繍《ししゅう》が入った黒色のTバックが、いずみの指に絡みついていた。慣れた手つきで、脱がす時間も短かった。

「いずみ、ほしくなったのか？」

姫花の声が男っぽく乱暴になった。演技だ。いずみの意識を女装者から真の女に変えるための術なのだ。

いずみはうっとりしている。姫花の術に酔わされている。いや、女の心になることに満足している表情なのかもしれない。

姫花はジャケットを脱いだ。つづいて、タイトスカートをたくし上げた。

「えっ、何」

岸谷は思わず声を洩らした。

見たことのない異物が、姫花の股間で屹立《きつりつ》していた。

黒光りしているペニスだ。

もちろん、本物ではない。色味は漆黒《しっこく》。シリコンかゴムでつくられていて妙に生々しい。

腰につけたベルトにペニスを装着している。

「岸谷さんは初めて見るのかな。これは、ペニスバンド。いずみを可愛がる時に必要なもの。岸谷さんは本物を持っているからいらないわね」

「いつ着けたんですか。まさか、ここを訪ねる前にもう装着していたんですか」

今日の姫花はタイトスカートを穿いていた。股間のあたりはすっきりとしていて膨らみはなかった。並んで歩いている時にはもう、姫花は黒光りするペニスバンドを装着していたことになる。

「着けていたに決まっているじゃない。ここに来てから、着けるタイミングなんてなかったでしょう」

「信じられない……」

「ああん、そんな話はもういいから、わたしに舐《な》めさせて」

いずみが四つん這《ば》いになりながら掠《かす》れた声で言った。本気で懇願しているようでいて、女の気分を盛り上げるために演技しているようでもある。

ワンピースの裾《すそ》が足に絡まる。邪魔そうだ。それでもいずみはワンピースを脱がない。

姫花も脱がそうとはしない。

裸になったほうがいいのに、なぜ脱がず、脱がせもしないのか。

そうした疑問は即座に消えた。

せっかく女になったのに、脱いだら男に戻ってしまうからだ。

男なら普通は着けないブラジャーをして、布地の少ないショーツで陰茎を隠している。

そうすることで、自分は女だという意識でいられるのだ。

いずみが愛《いと》おしそうに人工ペニスに触れた。本物であるかのようなやさしい手つきだ。

手の肌色と人工ペニスの黒色が、気味が悪いくらいに際立つ。

いずみは頬を寄せる。目もくちびるも半開きになる。陶然とした表情だ。頬紅の化粧が、女装という異形の気味の悪さを薄くする。

「喉《のど》に当たるまでくわえてごらん。いずみは、苦しいことが大好きだろう?」

「好きなの。お姉様にはわかっているのね。おっきなクリトリスに苦しめられるのって、大好き」

「ほら、早く、くわえるんだ。岸谷さんが見たがっているよ」

「あん、いやらしい人」

いずみが粘っこい声をあげた。こんな口調は本物の女はしないと思いながら、これがいずみが考える女のイメージなのかと感じ入る。

人工ペニスをくわえた。

鼻を鳴らす。喉が上下する。指に力を入れてしごく。それはまるで、黒色のコンドームを装着した本物の陰茎のようだ。

「気持ちいいよ、いずみ。先っぽをもっと丁寧《ていねい》に舐めてくれるか。そこが感じるところだ」

姫花が腰を突き出し、濃厚なフェラチオを求める。

「ここがいいのね。ああっ、うれしい。お姉様が感じてくれると、わたしまで感じてきちゃうの」

「いずみは、真性の奴隷だ。出会った時から、いずみは、虐《いじ》めてほしいっていうマゾの目をしていたな」

「わたしって、いやらしくて、はしたない女……。いけない女でしょう？」

「そうだ、いけない女だ」

「ごめんなさい。いけない女には、お仕置きしてください。どんなことでも受け入れます。岸谷さんにも、わたしの奴隷姿を見ていただきたい」

岸谷はいずみの視線を受け取ったが、傍観者の立場に徹していた。

彼女たちに加わる気はない。ただ、この異形の者の非日常の世界を見せつけられ、興奮はしていた。

いずみが愛おしそうに人工ペニスを舐める。

「ああっ、いいわ」

姫花はその愛撫に応えて気持よさそうに声をあげる。

人工ペニスなのだから、快感を味わえるはずがない。ところが、岸谷の目には姫花が演技しているようには映らなかった。

「岸谷さん、こっちに来てみる？　いずみと一緒に、わたしのペニスを舐めてみない？」

呼ばれて身震《みぶる》いした。

こっちに来てみる？　という言葉が、ヘンタイ的な世界に来ないかという意味に聞こえた。

男になど興味はない。女性が好きだ。正真正銘のヘテロセクシャルなのだ。

でも、興奮していた。だからこそ、今のこの興奮は新鮮だった。

「これ以上ここにいても、ぼくが協力できることはないと思います。姫花さん、いずみさん。ぼく、帰りますね」

「まだ帰らないで、お願い」

四つん這いになって人工ペニスをくわえていたいずみが顔を上げた。残念そうな気持が表れている。

「無理です。ぼくの常識では、この世界に楽しめるものは何ひとつありません」

「常識を少し変えてみたら？　そしたら、楽しめるようになるはず。あなたの常識なんて、こう言ったら悪いけど、大したことないわ」

「そうかもしれません。わかってもらえないみたいなので、言い方を変えます。知らなくてもいい世界があることはわかりました」

嫌味《いやみ》を言ったのではない。自分が関わることのない世界が存在していることを知ったと素直に言っただけだ。いずみは諦めずにつづける。

「関わらなくていい世界かもしれない。でもね、考え方を変えたら、すごく大切な世界になるかもしれない。関わらない世界がわかったからって、自慢にはならないわ」

確かにそうだ。正論だ。だからといって、これ以上ここにいても人生にプラスになる新たなものは得られない。もう十分に見た。

「帰りたいなら帰ってもいいけど、もう少し、ここにいてほしいかな。無理強いするつもりはないけど、わたしからのお願い」

いずみの口調は、強い懇願《こんがん》といったものではなかった。姫花がつづいた。彼女のほうが少し強引だった。

「あなたよりもずっと年上の女が頼んでいるんだから、いてもいいんじゃないかな」

「だったら、もう少しだけ」

岸谷は根負けして椅子に深く座った。

「いずみの熱意を受けとめてくれて、ありがとう。お返しに、もっともっと素敵なところを見せてあげるわ。いずみ、ほら、四つん這いになって」

犬の格好になったいずみのワンピースがめくられた。いずみの顔は隠れ、太ももの裏とお尻だけが見えるようになった。

姫花は人工ペニスの先端をいずみのお尻に押し当てた。

あっという間に、深々と入っていった。

姫花の腰が前後する。円を描くようにも動く。

黒色の人工ペニスが見え隠れする。太さは直径三センチ程だ。こんなに太いものが本当に入っているのかと驚く。

「岸谷さんが見ているよ、いずみ。見られたかったんだろう？　その願いが叶ったんだ、どんな気持だい」

「本当の女になったのね、わたし」

いずみの口の端から粘っこい喘《あえ》ぎ声があがった。男の声ではない。やるせなさとせつなさが混じった女の声だ。

岸谷は目を閉じた。途端に勃起した。女装者とプロの女王様との不思議な睦言に、性欲が刺激を受けている。

でも、彼女たちに加わりたいとは思わない。女装者を抱きたいという衝動もおこらない。そこまではっきりと自分の感覚が把握できているのに勃起しているから不思議だ。

「男もお尻で感じるのよ。いずみを見ればわかるわよね」

姫花が腰を動かしながら声を投げてきた。

他人の存在をいずみに強く意識させるためだ。それがいずみを興奮させていく。その間に数回、いずみの尻たぶをパチッと叩いた。

いずみの興奮の核心は、女となってセックスする姿を見られていることにある。彼女がもし、普段の男の姿でセックスしても、今のこのレベルの興奮は得られないだろう。人の妄想や性欲は面白い。

「いずみがどうしてこんなに喘いでいるか、岸谷さん、わかる?」

わかるはずがない。

姫花は腰を動かしているものの、挿入している意識は薄いようだ。口調も表情も冷静だ。本当に挿入していないのだから、客観的になるのかもしれない。

「男の人も経験を積んでお尻を鍛えていくと、女みたいにひぃひぃとうれしそうに喘ぐようになるの」

「知りませんでした、男がそんなふうになるなんて」

「だったら、今経験してみる?　わたしが、教えてあげる」

「けっこうです」

今度は声をあげた。曖昧な返事では、無理矢理、やられそうな気がした。

いずみは快楽に没入していて、会話に加わってこない。女のように甲高《かんだか》い喘ぎ声をあげつづけ、もっと深い挿入を求めて、自分から腰を振ってねだる。

「いずみ、自分でしてごらん。わたしは岸谷さんに、教えることがあるから……」

姫花は挿入している人工ペニスを抜くと、腰に装着したベルトも外した。サイドテーブルに置いたバイブをいずみに手渡した。

「あん、意地悪、お姉様。もう少しでいけたのに。バイブを使えだなんて。そんな淋しいことをわたしに強要するのね……」

不満げな言葉を吐き出したが、いずみはまんざらでもなさそうだった。女装者の心理はわからないが、見られていれば最低限の満足が得られるのかもしれない。

姫花はタイトスカートの裾を直してベッドを下りた。

岸谷は勢いよく立ち上がった。帰ることを切り出すには絶好のタイミングだった。

「それじゃ、ぼくはそろそろ」

「何言ってるの。あなたにいいことを味わわせてあげるって言ったでしょう」

彼女は絡みつくような視線を送りながら、岸谷の股間に手を伸ばした。勃起していることを見抜いていたらしい。

ファスナーが素早く下ろされ、陰茎が引き出された。慣れた手つきだ。姫花は何も言わずに腰を落とすと、いきなりフェラチオをはじめた。

やってほしいと漠然と考えたことはあるけれど、まさかこのタイミングでされるとは。

陰茎が姫花の口の中で激しい勢いで何度も跳ねる。つきあっていた女と別れてから八ヵ月が経つ。久しぶりのフェラチオだ。

「ああっ、すごい。おっきなおちんちん」

いずみはバイブを抜き挿ししながら、ため息混じりに艶めかしい声を洩らす。

「いずみに舐められてみたい？」

「けっこうです」

姫花に訊かれ、岸谷は即座に拒否した。

女性にお尻をまさぐられてもヘンタイ行為だとは思わない。しかし、相手が女装者となると、途端に嫌悪感に満ちたヘンタイ行為に変質してしまう。女か女装者かで、気持が正反対になるのが興味深い。

「同じ舌なのに、女だと気持よくて、女装者だと気持悪いのね」

「仕方ないですよ、それは」

「今にわかるようになるはず。女も女装者も、気持よさは変わらないって」

「どんなに言葉を重ねられても、ぼくはそちらの世界には入ることはありませんから。ぼくの興味は女性だけです、残念ながら」

「もう誘わないから安心して。それにしても、岸谷さんがいい人でよかった」

姫花は微笑んだ。彼女の言葉に皮肉は混じってはいない。

「こういうところで言われると、変な気分になりますね」

「いずみのことを、目でも表情でもバカにしなかった。いずみが安心してバイブを使っているのは、岸谷さんの心根のよさのおかげ」

「ホントですか。相手なんか誰でもよかったように思えるんですけど」

姫花は陰茎を断ち切るくらいの強い力をくちびるに加えながら、首を横に振った。いずみも否定の意味を込めて顔を振った。

「わたしやいずみのようにマイノリティの世界にいると、いろいろなことが見えるの。たとえば、人は二種類にわかれるってこととか……」

「善人と悪人がいるとか？」

「わたしが考える二種類って、世の中の常識の呪縛を解き放てる柔軟性がある人か、頭が硬直化していて常識に囚《とら》われている人」

「ぼくは前者でしょうか」

「そうよ。だからこそ、いずみは自分の性癖を思い切って晒せたし、わたしもいずみが見ている前でフェラチオできたの」

姫花はまた陰茎に顔を寄せた。

右手は陰茎の付け根を握り、左手はお尻をまさぐる。男にとって敏感な二ヵ所の性感帯への愛撫だ。

「性の世界は深いんですね」

「頭がやわらかい人にとってだけ、深い世界。常識に囚われている人には、この世界は閉じられる。深いか浅いかもわからなくなるわ」

「いずみさんの世界に入ることはないと思いますけど、マイノリティの深い世界に興味が湧いてきました」

「君、いい線いってるわ。やっぱり、わたしの目に狂いはなかった」

顔を上げた姫花は晴れ晴れとしていた。くちびるの周りの唾液を舌先で拭《ぬぐ》うと、心からうれしそうに微笑んだ。

第三章　男の奉仕者

1

平日の午後三時。

岸谷は姫花に呼ばれて、表参道の裏通りにたたずむ古い戸建ての喫茶店にいる。ディーラーの仕事は、休みだ。この店の一番人気の席は陽《ひ》が当たるテラス席だが、ふたりは目立たない屋内のテーブル席で向かい合っている。

今日の彼女も清楚な印象を与えるワンピース姿だ。華やかだけれど下品ではない。目立つけれど、水商売風の女の安っぽさは感じられない。

岸谷はまずは彼女にお礼の言葉を口にした。

神山町の女装マニアの金持ちが車を買ってくれたのだ。現金でポンと。住み込みのお手伝いさんのためということだった。

「お金持ちというのは、あっさりとお金を出すものですね。わかっていたつもりでしたけど、実際に買ってもらった時は感動しました」

「日本にも上流社会が存在しているってこと、わかった？　お金を持っていて、地位も名誉もある人たちが集まっている社会……。君はそんな人たちに喜びを与えてやったことで、報酬を得たの」

「報酬？　それなら、姫花さんからもらいました」

「わたしが手渡したバイト代とは別モノ。あの人が車を買った意味、君は本当には理解していないのかな」

「あの時のことへの口止めのつもりでしょうね」

「そういうふうに考えたくなるだろうけど、まったくの見当違い」

「えっ、違うんですか？」

「面白い時間をつくってくれてありがとう。そういう意味。一般人ならお礼は言葉だけで終わりだろうけど、あの人たちは違う。相手のメリットになることをしてくれるの」

「それがホントなら、生きている世界が違い過ぎる」

岸谷が大きなため息をつくのを見て、姫花が微笑んだ。ネックレスの大粒のダイヤに反射した午後の光が、店の天井と壁を明るくした。

「さてと、待っていた子がきたわ」

姫花が入り口に目を遣った。

三十代半ばだろうか。浅黒い肌の美人だ。

歩き方が優雅で堂々としている。洋服に派手さはないが、デザインと生地のよさが伝わってくる。バッグは一目で高級とわかるブランド品。身にまとっているのはそれだけではない。金持ちのオーラもだ。

彼女は軽く会釈してから、姫花と並んで座った。

「梨沙《りさ》、こちらがこの前話した岸谷さん。いい男でしょう?」

「初めまして、梨沙です。姫ちゃんが言っていた以上の男前。で、話は通っているということでいいのね」

彼女は長い髪を指先で梳《す》きあげながら流し目を送ってきた。

ぞくぞくする色気は、素人ではないと思わせた。姫花と同じ仕事をしている女性だろうか。岸谷は手短に自己紹介をした。もちろん、ディーラーの営業マンであることも明かした。

梨沙は積極的な女性だ。姫花が紹介する前に、彼女は自己紹介をはじめた。

「わたしは三十二歳。独身に見えるかもしれないけど、結婚しています。もう丸二年になるかな。初婚だけど、高校二年の子どもがいるの。理由は簡単。還暦を迎えた夫の後妻になったから」

「なかなか、大変な結婚生活なのよ」

姫花が付け加えると、梨沙は大きくうなずき、つづけて言った。

「彼、いい人だと思ったんだけどね、結婚して一緒に生活してみて、こんなにひどい人だったと気づいたの。会社をいくつも経営している社会的には立派な人なのに、人間としては最低の男だった」

「最低な男、ですか」

岸谷は好奇心を掻《か》き立てられ、恐る恐る訊いた。

「わたし、彼に頼んだの。子どもがほしいって。当然でしょう？　なのに、あんまりな返答だったのよ」

「ほしくない、と？」

「そんな単純な理由ではないの。愛人に産ませた子が外にふたりいるから、子どもはもういらないって……」

「いろいろとあるでしょうけど、結婚されたことで、独身では得られないものもたくさん得ていると思います」

岸谷は愛想笑いを浮かべると、いかようにも解釈できる曖昧なことを言った。初対面の相手には、踏み込んだ感想を言うべきではない。さりげないひと言が印象を悪くしかねない。口は災いの元となる。

「プラス・マイナスを考えたら、マイナスかなあ」

梨沙の醒《さ》めた感想に、岸谷はうなずくこともできずにコーヒーをすすった。

「梨沙、もうそれくらいにしたら。あなたの愚痴を聞いてたら、夜になっちゃうから……。それじゃ、そろそろ行きましょう」

姫花が助け船をだしてくれた。姫花と梨沙がどんな打ち合わせをしていたのかわからないが、今はとにかく、ふたりについていくだけだ。

姫花と岸谷は一台のタクシーに乗り、梨沙は別のタクシーをつかまえた。二台で渋谷に向かう。

「梨沙さんはなぜ、同じタクシーに乗らなかったんですか」

「旦那が怖いのよ。会ったことはないけど、とにかく嫉妬深いんですって」

「愛人に子どもを産ませているのに？」

「彼女の立場は弱いのよ。だから、金持ちの家に後妻になんて入らないほうがいいって言っていたの」

「金につられて結婚したんなら、我慢するしかないでしょうね」

「彼女は今では、セックスレスだそうよ。しかも、浮気が発覚したら即離婚、しかも、一銭も取れない契約を結婚前にしたそうなの」

「すごいですね、それって」

「そんなリスクを冒してでもわたしたちに会うってことは、彼女の心が壊れそうになっている証拠」

「ぼくは、楽しみを提供するだけです」

岸谷と姫花は渋谷駅でタクシーを降り、梨沙よりも先にホテルに入った。

部屋は眺めのいいダブルルームだった。眼下には駅前のスクランブル交差点、北側に目を遣れば、新宿《しんじゅく》の高層ビル群も見渡せた。

梨沙の心情に思いを寄せ過ぎると、自分のやるべきことから逸脱する気がしてならなかった。心に寄り添うのは心理カウンセラーがすべきであって自分ではない。

2

五分ほどして彼女はやってきた。

疲れた顔で申し訳なさそうに頭を下げた。

「ごめんなさいね、面倒臭くて。こうでもしないと心配で何もできないんです。岸谷さん、事情はタクシーの中で聞いたでしょう？」

「聞きました。用心するに越したことはないと思います」

「君は口が堅い人？」

梨沙が真顔で訊く。こういう時、茶化《ちゃか》してはいけない。

「この場のことはこの場だけで忘れます。誰にも言いません。ほかの場所で会ったとしても、その時は初対面ということになります」

「姫ちゃん、ありがとう。素敵な人を連れてきてくれて」

梨沙は安堵の表情を浮かべ、姫花は満足そうにふふっと小さく笑った。

「そこに座って」

姫花にうながされて、岸谷は窓側のベッドに腰を下ろした。梨沙もすぐ、隣に座ってきた。ふたりの女に挟まれ、ただただじっとしていた。

何をすればいいのか。

梨沙が岸谷の太ももに手を伸ばした。

ゆっくりとした手つきで撫でる。性感を引き出そうとする動きだ。たったこれだけなのに勃起してしまう。内心では、中学生や高校生のように敏感に反応してしまうことに苦笑していた。

姫花が独り言のように呟く。

「梨沙とは古い友だちなの。この人、玉の輿《こし》に乗って金持ちになることをずっと願っていても、いざ、それが現実になってみると、愚痴ばっかりなのよ」

「恋愛結婚と違って、後妻というのは難しい立場なんでしょうね」

岸谷は太ももを撫でられながら無難な返事をする。

勃起していることがわかっているのに、梨沙は顔色ひとつ変えない。

「結婚してからずーっと不満だらけ。お金があっても、それは自分のお金じゃない。自由にならないお金だとしたら、それは持っていないのと同じ。そういうことがやっとわかったの」

「愉しみましょうよ、梨沙さん。ご家庭のことは、もうこれでおしまい」

「そうね、やめるわ」

梨沙は立ち上がり、ライティングデスクの椅子をベッドの脇まで運んできた。岸谷と梨沙は、五十センチほど離れて対面した。

ワンピースの丈は膝を隠している。見ないようにしているが、ここまで近いと視界に入ってくる。彼女はゆっくりと足を開く。膝が九十度の角度になると、見せつけるように、裾をゆっくりとめくり、ごくりと唾液を呑み込む。

ショーツは黒色のシースルーだ。そこに手を入れ、指を動かしはじめる。

細かい編み目に、割れ目を覆った細い指が浮き上がる。クリトリスを愛撫しているのだろうが、彼女は愛撫で快感を得ることよりも、見られているという羞恥による刺激がほしいようだ。

「梨沙さん。今、自分で慰めているんですか」

「恥ずかしいこと、大好きなの。体がジンジンしてくるの。もっと見たい？　わたしのエッチなところを見ながら興奮したい？」

「見たいですね。感じてびちゃびちゃになるところを」

下卑た言葉遣いを意識的にした。そうやって貶《おとし》めることが、彼女の性欲を刺激するのだ。

「下着を脱いで、イヤらしいところをすべて見せてくれますか」

「あなたも、わたしと同じことをしてみて」

「同じことって……」

訊き返しながらも、梨沙が何を求めているのかわかった。

オナニーだ。互いにオナニーしているところを見せ合おうというのだ。

梨沙は自分で言っておきながら頰を赤く染め、羞恥に身をよじった。普通の女性にはない感覚だ。姫花の友人だけのことはある。

「早く見せて、あなたがイクところ、見たいの。ねえ、早く。わたしだけ先にいっちゃいそう」

「姫花さんに見られていると……」

「わたしのことなんて気にしないでいいから。いないものと思って。受け入れることが、あなたの長所のはず。この恥ずかしい状況も受け入れて」

姫花は目をそらして窓のほうに顔を向けたが、気にならないわけがない。かといって、陰茎は萎《な》えないし、欲望が鎮《しず》まることもない。

岸谷はこういう時、行動しなければ何も生まれないと思っている。行動して失敗するよりも、やらずに後悔するほうがダメなのだ。

思い切ってズボンを引き下ろし、パンツも脱いだ。それだけでも十分だったが、勢いをつけるために全裸になった。

ふたりの女性の目に晒されても、陰茎は固いままだった。

ヒクヒクッと上下した。

見られることに快感があることを、この時初めて知った。

「太ももの筋肉、すごいわね。胸板も厚いじゃない。運動、やっていたの?」

「大学でサッカーをやってました。同好会でしたけど、練習は厳しかったんです」

「その名残があるのね。ああっ、素敵」

「だから、残業も平気なんです」

「ここに横になって」

梨沙はストッキングに包まれた足先で示した。

ベッドではない。足元の床だ。

悪い冗談かと思ったが、彼女は本気だ。姫花も止めない。

「ここに、ですか」

「どうしてためらうの。床のほうが、ベッドよりも、横になっているって実感できるんじゃないかな」

「ベッドで楽しくやりましょうよ。床に移ってもいいですけど、背中がすぐ痛くなると思います。盛り上がらないんじゃないですか」

岸谷の言葉を打ち消すように、姫花が声を投げてきた。

「やってあげなさい。床に横になったところで、あなたの人格が損なわれるわけじゃないから。これも楽しみのひとつだと思えば盛り上がれるわ」

説得力があった。受け入れてもいいなという気になった。

床に横になった。足を揃え、両手は脇にぴたりとつけた。まな板の上の鯉のような状態だ。カーペットの毛羽《けば》が背中やお尻に当たってチクチクする。痒《かゆ》さよりも、恥ずかしさのほうを強く意識する。

「虐められるみたいで、変な気分だし、ちょっと怖いです。断っておきますけど、ぼくはマゾではないですからね」

「勘違いしないで。これはサドとかマゾとは関係ないの」

梨沙は夫にできないことをしようというのだ。静かな部屋に、梨沙と岸谷と姫花の三人の息遣いが交錯する。空気が粘っこく濃密になっていく。

彼女は椅子に腰掛けたまま、岸谷のへそのあたりに足をつけた。

ストッキングのざらつきに混じって、足の裏のひんやりとした感触が伝わった。腹筋に力を入れると、彼女の足も動いた。開き加減の太ももの隙間から、黒色のショーツが見え隠れする。

陵辱《りょうじょく》されている気分だ。自分にはマゾ的な要素などまったくないのに、興奮の度合いが強まっていく。

「おちんちんを自分で立ててごらんなさい。わたしが可愛がってあげるから」

岸谷は言われるままに、陰茎を垂直に立てた。

彼女は左右の足の裏を合わせた。卑猥《ひわい》な格好だ。両膝が開いて、ショーツの最深部まであらわになった。

陰茎を足の裏で擦《こす》り合わせた。

「ううっ……」

初めての刺激だった。ストッキングのざらつきがヒリヒリして気持いい。陰茎だけでなくて、目でも興奮していく。

足の愛撫はつづく。ストッキングの先端にゆとりをつくって、陰茎を足の指で挟みはじめた。

「どう？　いいでしょう？　それともイヤ？　なぜ、反応しないの？　こういうのも気持いいでしょう？」

「興奮しますけど、こればかりだと、ぼくにはちょっと辛いかも」

「体は正直なのよ。足の裏でいじられているのに、おちんちんから先走りの汁がこんなに溢《あふ》れ出ているんだから」

彼女は足の親指の先端で、陰茎の先の細い切れ込みをすっと撫で下ろした。

「ああっ、ううっ……」

鋭い快感に頭の中が白くなった。それでも、思考力は残っている。いや、ベッドに座った時よりも、高まっているようだ。感覚も研《と》ぎ澄まされ、ちょっと触れられただけでも陰茎が鋭く反応してしまう。

岸谷は快楽に対して従順になっていた。自分がマゾと思われるのはイヤだとか、マゾ的な性癖はヘンタイの証拠なんてことを考えていたのがバカらしく思えた。

他人に何と言われようとも気にしない。気持いいことをしている時は、快感に浸ることが大切なのだ。そういうふうに心底思えるようになった。

「岸谷さんって、姫ちゃんが言ったとおりに柔軟で素敵。気持のいいことに世間の常識を持ち込んだら、つまらなくなるってわかっているのね」

梨沙は姫花に声をかけると、椅子から立ち上がった。もちろん彼女は、陰茎にも下腹にも乗らない。

「体の向きを変えてくれるかな。床に寝転がったままで、足だけをベッドに載せるの」

岸谷は言われるまま、素直に体の向きを変えた。今度は何をしようというのか。

「目を閉じないで、あなた」

梨沙に頭をまたがれた。

視界に入ってくるのは、立っている彼女のワンピースの奥の景色だった。仰向けになっていないと見られない珍しい眺めだ。

「どう？」

「無防備でものすごくイヤらしいです。歩いている時とか立っている時、梨沙さんのスカートの中ってこんなふうに、ショーツがよじれたりしているんですね」

「自分でさっき、いじったからよ。ああっ、恥ずかしい」

梨沙は身をよじった。ワンピースの裏地が揺れた。股間に溜《た》まっていた、もわりとして生温かい空気が広がり、岸谷の顔を覆うところまで下りてきた。

太もものストッキングの編み目がふいに広がった。そう思った途端、梨沙が腰を下ろしてきた。

お尻が顔に乗った。

鼻がちょうど割れ目の溝に埋まった。偶然ではない。そうなるように、梨沙がうまいぐあいに動いたのだ。

今度は蹂躙《じゅうりん》されていると感じた。男としての自尊心とか尊厳といったものを壊されている気にもなった。

心は震えたが、お尻を払いのけることはなかった。彼女の欲望を受け入れることで、鬱屈している彼女は喜びを得られるからだ。

梨沙はお尻を前後に動かし、ストッキングの編み目を顔全体に押しつけてくる。ざらつきは、苦痛だ。陰茎を足の裏で擦られた時よりも辛い。

「苦しい？」

太ももに耳を塞がれていて、はっきりと聞き取れない。岸谷はうなずいたが、お尻が浮くことはない。

「苦しさの先に、気持のいいことが待っているもの。苦あれば楽ありよ」

今度は姫花の声だった。彼女に足を持たれた。手の位置からして、姫花がベッドに上がり、足首を摑んだのだ。

「ふたりのいい女に楽しませてもらって、うらやましい限り。所長さんが知ったら、嫉妬で悶絶《もんぜつ》しちゃうかもよ」

姫花が足の間に入り、ベッドに腰を下ろすのがわかった。梨沙のワンピースから姫花の影が透けて見えた。

陰茎が踏みつけられた。

「うぐっ」

痛かった。でも、痛みだけではなかった。きっと快感なのだろう。止めてほしいとは思わない。それどころか、もう少し体重をかけてほしいと思った。今までとは違う自分になっていく気がした。

「マグロみたいにだらっと仰向けになっているだけなの？　ちょっとは気を利かしてもいいと思うけど」

梨沙の声だった。愛撫をねだって、お尻を前後に動かした。

岸谷は舌を差し出した。

張り詰めたストッキングは割れ目の輪郭を伝えていた。割れ目からはうるみが溢れていて、ショーツもストッキングも濡らしていた。

岸谷は丹念に舌を使いつづける。

舌全体が痺れるけれど、愛撫をつづけるべきという使命感のようなものに突き動かされている。

「直《じか》に舐めたいんです。ストッキングを脱いでください……」

「やっと、わたしを気持よくさせたいっていう気になったみたいね。自分ばっかり気持よくなっていることに、気が引けたのかな」

「ぼくは、梨沙さんにもっと乱れてほしいと思って……」

岸谷が言った途端、陰茎を踏みつけている姫花の足に力が入った。

「わたしはどうなるの？　梨沙ひとりだけを楽しませようっていうの？　わたしなんてどうでもいいってこと？」

「そんなつもりはありません。この体勢で、おふたりを同時に気持よくさせることは無理です」

「だから、梨沙を喜ばせるってわけ？　わたしは、梨沙よりも下なの？」

「今ぼくにできる精一杯のことをやろうと思っただけです」

「わたしにもできることはあるでしょう。考えなさいよ。たとえば、足でおっぱいを揉むとか」

姫花の言葉を想像して勃起が強まった。

言われたとおりにやってみる。

上げている両足の裏を、姫花の乳房に押しつける。

てのひらや指先で愛撫する時の感触とは違って、足の裏だと乳房全体が感じられる。陵辱しているといった気にはならない。それどころか、汚い足の裏で触って申し訳ないという思いのほうが強い。

乳房を押し込むようにすると、鎖骨のあたりまで盛り上がっていく。乳房はボリュームがあって迫力に満ちているけれど、体そのものは華奢《きやしや》だというのがわかる。それも、手の愛撫では感じられないことだ。

尖った乳首が震えている。彼女に悪いと思いながら、足の指で挟んで圧迫する。左右両方ともだ。

梨沙は腰を浮かすと、岸谷の顔からゆっくりと離れた。ワンピースを脱ぎ、下着を取って全裸になった。

「たっぷりと味わいなさいね。君の望みどおり、直に舐めさせてあげるから」

梨沙は足を広げ、岸谷の顔を跨《また》いだ。

割れ目がぱっくりと開いているのが、仰向けになっている岸谷の目に入った。こんな角度から割れ目を見たのは初めてだ。

顔にお尻が落ちた。

割れ目を口全体で覆ったつもりだったが、割れ目に口を覆われたといったほうが正しい。割れ目の襞《ひだ》からねっとりとしたうるみが滲《にじ》み出ている。生々しい匂いにむせそうになる。息を詰めて、口に溜まったうるみを呑み込む。

「どういう気分？　正直に言ってごらんなさい」

姫花が声をあげると、梨沙が気を利かして腰をわずかに浮かしたので、岸谷は返事ができた。

「本当に気持がいいのかどうか、正直、わかりません。ヘンタイ的なことをしていることに興奮しているだけの気もするんです……」

「ヘンタイ的？　その言葉、どうかなあ。君は、わたしたちが異常なことをしているとでも思っているのかな」

「すみません、言葉の遣い方が下手で。一対一のセックスでは味わえない強烈な刺激があるような気がします」

「で、どういう気分？」

「自分がどういう立場でいたらいいかわからなくて落ち着きません」

「難しいことは抜きにして、三人でも楽しいってことを、まずは認めることよ」

「もちろん、認めます。こんなすごい興奮、経験したことはありません」

「そうでしょうとも」

姫花は念を押すように言うと、足に体重をかけた。

岸谷は陰茎で受け止めた。

陰茎全体がヒリヒリする。それは気持よさよりも痺れに近い。足で踏みつけられると、血流が先端とつけ根の両方に押しやられるからだ。

「客観的に見たら、ぼくは虐められているのかもしれませんけど、そんなふうに思えないんです」

「本物のマゾかもね」

姫花が笑いながら言った。

「やめてください。マゾとかサドっていうのは、もう古いですよ。昭和の時代のエロの概念です」

岸谷はSMのことをよく考えるようになっていた。SMがなぜ今ではなく、昭和の時代に隆盛を極めたのか、彼なりに結論を得ていた。昭和の高度成長期は、社会にも人にも勢いがあったから、虐めたり虐められたりすることにエネルギーを注げたんだろう、と。

「ということは、君は今、マゾの快楽を楽しんでいないの？」

「いいえ、その逆です。心から満喫しています」

岸谷は腹に力を入れて、陰茎と腹で姫花の体重を受け止めた。

彼女は平気な顔で、陰茎を踏みつける。梨沙も平然と眺めている。岸谷の目には、ふたりが女同士としても女王様同士としても理解しあっているように見えた。

梨沙が顔の上に乗った。

全体重をかけてくる。苦しいだろうとか、嫌がっているだろうといった気遣いはない。うるみが顔に塗り込まれていく。生々しい匂いにまみれる。それでも岸谷の心には冷静さが残っていた。

姫花が足を器用に使って、陰茎を垂直に立てた。

左右の足の裏で陰茎を挟み、ゆっくりとしごきはじめる。陰茎が倒れないように気をつけながら、強弱をつけていく。

「いきたくなってきたんじゃない？」

岸谷は口を塞《ふさ》がれているために、顔を左右に振って応えた。腰を上下に動かして、もっと強くしごいてほしいとねだると、姫花はすかさず察した。

「いやらしいおちんちんねえ。やりたくてやりたくて仕方ないって、体中が訴えているじゃないの」

姫花が羞恥心《しゅうちしん》を煽《あお》ると、梨沙が大きな笑い声をあげて言った。

「この子は、マゾでなくても被虐的《ひぎゃくてき》なことを平気で受け入れられるのね」

「才能があるってことよ」

「姫ちゃん、よく探してきたわね」

「わたしはこれでも人を見る目はもっているつもりよ」

岸谷は口と目を塞がれていたが、自由な耳で、ふたりが自分の理解を超えた話をしているのを聞いていた。

「君、いきたいでしょう。遠慮しないで、いきなさい。足の裏で擦るのって、大変なんだから。足のつけ根もふくらはぎも攣《つ》っちゃいそうよ」

姫花が命じると、梨沙がつづいた。

「わたしも、一緒にいくわ。この子の舌遣い、とっても上手なの。クリトリスの舐め方も上手だし、クリトリスの上側の気持のいい筋も丁寧に舐めてくれるの」

「ふたりとも、いっていいわ」

姫花が高圧的な口調で言った途端、梨沙が息を詰めた。

「いくっ……」

腰を前後に激しく動かした後、太ももを痙攣《けいれん》させながらのけぞった。岸谷もつづいた。

姫花の足の指すべてを濡らすほどの量を噴出した。

しかし、これで終わらなかった。姫花がすかさず、岸谷の股間に乗った。萎える寸前の固い陰茎を導くように自ら挿入した。

「さあ、動いて、わたしをいかせて」

初めてふたりはつながったというのに、彼女にそんな感慨はない。快楽を求めて絶頂に昇ることだけを考えている。すがすがしいほどに潔い。

「できるのかどうか、わかりません」

「やってみればいいの。どんなことでも、経験してみないとわからない。人生もセックスも一緒。同じことの繰り返しをしてもつまらないだけよ」

「人生と重ねられても困ります」

岸谷は話しながらも集中力を高めていた。勃起はつづいているし、新たな性欲も湧き上がっていた。やればできるのだ。

「いきそうよ、もっと腰を動かして」

姫花は乳首を自分で愛撫しはじめた。クリトリスもいじくりだした。割れ目の奥から熱いうるみが流れ出して、くちゃくちゃっという粘っこい音が響いた。

顔から離れてベッドに横になっていた梨沙が寄ってきた。

今度は顔には乗らなかった。

梨沙はふたりの男女の交接している股間を覗き込むと、

「姫ちゃんはずるい。自分ばっかり、おちんちんでいこうなんて」

梨沙はふたりの股間に顔を寄せた。

割れ目から陰茎の幹が出るタイミングを見計らって、舌先で突っついてきた。

岸谷は驚いた。そんなことまでするのか。いやその前に、つながっている陰茎と割れ目にくちびるをつけようという発想がない。

梨沙が陰茎のつけ根を舐める。鼻先で姫花のクリトリスを突っつく。岸谷はそれを感じながら、腰を上下させる。

「いきそうよ、ああっ、いきそう」

「ほら、いって、姫ちゃん」

「岸谷さんはどう？　一緒にいくわよね？　どう、いける？」

「いける気がします」

「若いんだもの。二度や三度、いけなくてどうするの。ああっ、わたしもいきそう」

激励が呻き声に変わった。

梨沙はふたりの股間で舌を動かしつづける。

股間に三人の熱気が集中する。熱い。汗が岸谷の腹から腰に落ちて流れていくけれど、誰の汗なのかわからない。

「ぼく、いきそうです」

「ああっ、柔軟でいい子。大好きよ、岸谷さん。あなたは変われるだけの強い心の持ち主だわ」

姫花は喘ぎながら言うと、ガクンと腰を落とした。全身の緊張が解けて、彼女の体重が岸谷の下半身にかかった。

「いったんですね、姫花さん」

姫花が割れ目を締め付けた。刹那《せつな》、岸谷は呻いた。

「だめです。もう、ぼくも、いきます」

下半身がヒクヒクッとうねった。

二度目もあっという間だった。

絶頂の後も、驚きと気持よさがほどよく混じっていて心地よさがつづいた。快楽だけを追求するセックスの時のようなあっけらかんとした雰囲気にはならない。かといって、心を重視するセックスのような鬱陶しさもない。

すべてがほどほどだった。セックスにはこういうつながりもあるのかと、岸谷は教えられた気がした。

第四章　上流という世界

1

梨沙と姫花との濃密な時を過ごしてから二週間が経った。

一昨日、梨沙の紹介ということで代官山のショールームを訪れた建設会社の社長が、ワゴン車を二台購入していった。

午後七時。

岸谷は今、梨沙と会っている。

顧客を紹介してくれたお礼に、食事に誘ったのだ。たまたまだが、嫉妬深いご主人は、出張で日本を離れているということだった。

料理がうまいと評判の落ち着いた居酒屋だ。所長から聞いていた店だ。南青山《みなみあおやま》の住宅街にあって目立たないから、特別な人を招待するには絶好の店ということだった。しかも安い。

個室がとれた。梨沙は久しぶりの外食だと喜んでいる。上機嫌だ。

「姫ちゃんは誘っていないの？　ふたりだけ？」

シャンペンで乾杯をすると、引き戸のほうに目を遣って念を押した。

「姫花さんはお店に出ているはずですから、来ません。だけど、抜け駆けはいけないので、連絡はしておきました。こういうことって大切でしょう？」

「そのとおり。きちんとスジを通すってことは、どんな世界でも大切。そういうことがわかっている人だと思ったから、土建屋さんを紹介したの」

「二台も買ってもらえました。建設業界にもお知り合いがいるなんて、梨沙さん、顔が広いんですね」

「あの人、面白いでしょう？　成金を絵に描いたような人なんて滅多にいるもんじゃないわ。彼、わたしが働いていた頃からのなじみなの」

梨沙が姫花と同じ女王様という仕事をやっていたことは、ふたりの会話を聞いていて気づいていた。今さら、驚くことはない。

「姫花さんも梨沙さんも、上流の世界を見ているから、何かが違っているんですよね。ぼくみたいに、田舎から出てきてサラリーマンをやっているだけの男なんて、実際のところ、つまらないだろうなって思います……」

岸谷は自分を卑下したわけではないし、下手《したて》に出ているという意識もなかった。口先だけで長年商売をしてきた営業マンとしての本能が言わせたといっていい。

本物はそういったものを見抜く。それを指摘するのはお人好《ひとよ》しの本物で、何も言わずに切り捨てるのが冷徹な本物だ。梨沙はお人好しだった。

「楽しい会話をはじめようっていう時に、自分のできの悪さとか不遇ぶりを語られたら、楽しくできないわ。気をつけてくれるかな」

「すみませんでした、ごめんなさい。先日のことがあったから、気を許して甘えてしまいました」

「セックスしたくらいで、何もかも受け入れてくれると思ったら大間違い。若者の幻想。大人のきちんとした世界は甘くはないわよ」

「すみません。ぼくが甘かったですね」

「そう、君が甘かった」

「あの日のことは、あの時間を楽しむためにやったことなんですよね。男女の愛情とか、つながりっていう感情を入れようとしたのは間違いでした」

「その言い方、冷たくてつまらない印象になるなあ。夢の戯《たわむ》れ。こういう詩的な言葉にしてほしいけど」

「すみませんでした」

岸谷はまた謝った。営業マンを長くやっていると、謝ることは苦ではなくなる。心からの謝罪という重いものではない。会話を円滑にするために必要という程度の「すみません」なのだ。

梨沙が腕時計に視線を落とした。

一時間があっという間に経った。出張先の中国から、嫉妬深い夫は自宅に電話をかけてくるということだった。長居はできない。

「君はなぜ、姫ちゃんに可愛がられているか、わかる？」

「気が合ったんだと思います。六本木のお店に連れていってもらった時に初めて会ったんですけど、あの時は正直、気づきませんでした」

「鈍感なのか図太いのか……。姫ちゃんは、君のことが気に入ったの。だから、神山町のマニアや、わたしに会わせたんじゃない」

「微妙ですね、気に入ったという言葉って。どういう感じなんでしょうか」

岸谷はすぐに、川口所長の顔が浮かんだ。

姫花は所長のお気に入りの店のママなのだ。風俗の女を上司と取り合って左遷されでもしたら、愚の骨頂だ。

「君をパートナーにしたいらしいの。わたしから言っていいのかどうか迷うけど」

「パートナー？」

「公私にわたるパートナー。恋人のようであり、仕事仲間であり、心の友でもあるような関係を求めているの。はっきりと聞いたわけじゃないけど、わたしにはわかったの」

「恋人とか心の友というのは理解できますけど、仕事仲間っていうのはどういう意味でしょうか」

好かれていると思うと、吐き出す言葉に勢いが出てくるから面白い。

「それが今夜の本題なの」

「えっ？」

「わたしが招待を受けているのに、変だと思うでしょうけど、わたしからもある提案をもってきたの。姫ちゃんも承知していることなんだけどね」

「提案？　何なんですか、いったい」

儲け話を持ちかけられているのだと思ってワクワクした。

これまでに二度、輸入車を専門に扱う小さな販売店に転職しないかと誘われたことがあった。しかし、そういうこととは違うようだ。

心が躍った。何も聞いていないのに、受け入れようという気になっていた。

「提案する前に聞きたいんだけど、神山町の女装マニアを見て、あなたはどう思った？」

「面白い性癖の持ち主にも、姫花さんはごく自然に接していたんです。すごい人だと尊敬しましたね」

「姫ちゃんから聞いたんだけど、君も自然に接していたみたい。たいていは女装者を毛嫌いするのにね。姫ちゃん、君のそういうところを見て、才能があると見抜いたの」

「才能とは、どんな才能ですか」

岸谷は先日、姫花が「才能」という言葉を遣うのを聞いていた。具体的に、どういった意味なのかは訊いていなかった。

「君も少し経験してわかっただろうけど、お金持ちって変な趣味を持っている人がものすごく多いの」

「そうみたいですね。世の中、広いですよ。姫花さんは、やっぱりすごい。どんな相手でも満足させてしまうんだから……。女王様っていう自分の守備範囲から外れてても平気なんだから」

「そういう気持って大事。女性に敬意を払うことはとても大切なことよ。育ちがいいのね、きっと」

父は元々小学校の先生で、母は給食室で働く栄養士だった。定年を迎えたが、ふたりとも今も元気に働いている。当時は裕福とはとても言える状況ではなかったから、育ちがいいと言えるかどうかは微妙だ。

「で、提案のことですけど……」

岸谷が話を戻そうとしたが、梨沙はなかなか切り出さなかった。

「姫ちゃんのこと、どう思った？」

「素敵ですよ。女王様をやっていますけど、本当はノーマルじゃないかなって、ぼくは睨《にら》んでいます」

「好きになった？」

「好きだし、信頼もしています。そうでなかったら、見ず知らずの人の家に行ってセックスしたりしません」

岸谷は生ビールを飲み干して、すぐに同じものを注文するためにウエイターを呼んだ。

個室の引き戸が開いた。現れたのは姫花だった。

「ごめん、遅くなって」

慌ただしく腰を下ろすと、梨沙のジョッキに残っている生ビールをひと口飲んだ。

梨沙は最初から姫花がやってくることを知っていたのだ。

何かが起ころうとしていると感じる。

午後八時を過ぎたばかりだ。店を開けなくていいのかと心配になる。

「店はいいんですか？」

「今日は女の子たちに任せるつもり……。困ったら電話がくるわ」

「うちの所長みたいに姫花さん目当ての客が行ったら、がっかりしますよ。食べるものを食べて、飲むものを飲んだら、戻ったほうがいいですって」

「そういうお節介を焼けるということは、もう話は済んだってこと？」

姫花は梨沙に視線を送った。梨沙は首を横に振った。

「これから本題っていうタイミングで、姫ちゃんが現れたの」

「わかった、わかった。梨沙、ご苦労さま。わたしから話すわ」

姫花は岸谷の目を睨み付けるように見つめた。

威圧感があった。女王様という立場がつくりだしているものではない。心の底から自分の気持を伝えたいという迫力だ。

「上流の人たちの世界を垣間見たけど、面白かった？」

「社会勉強になったと思います」

「もっと見せてあげようと思っているんだけど、どうかな。今夜、わたしが来た目的は、そのことを伝えて、返事をもらうことなの。どう？」

「どうっていきなり言われても……」

梨沙が言っていた提案とは、このことだったのだ。姫花は用件の急所をためらわずに言い切った。

「即答してほしいんだけどな。君は上流の世界を見たい。わたしは上流の人たちを喜ばせたい。ふたりの思惑は合致していると思わない？」

「梨沙さんも加わるんですか？」

「時間の都合がつけば、彼女も実力を発揮してくれる約束になっているわ。梨沙、そうでしょう?」

梨沙は照れ笑いを浮かべながらうなずいた。岸谷も即答した。

「姫花さんと一緒なら、どんなことでも楽しくできそうだからやってもいいですけど、条件があります」

「何、条件って」

「やるのは時間の都合がつく時だけです。本業を休んでまではしません。これぱっかりは、女王様がなんと言おうと、無理なものは無理です。それを理解してくれたら、この話、受けてもいいです」

「承知したわ、岸谷さん。これで話は成立。梨沙が立会人よ」

「はい、確かに」

梨沙は言うと、立ち上がった。

姫花も立ち上がった。注文した品がまだすべて揃っていないのに。姫花はテーブルの端に置いていた伝票を摘《つま》みあげた。

「ちょっと待ってください。どこに行くっていうんですか」

「梨沙は家に帰るの。岸谷さんはこの後、わたしと一緒にあるところに行くのよ。いいわね?」

今夜は思いがけない話ばかりだ。

迷惑そうに困惑した表情をつくりながら、内心ではスリリングで痛快だと思っていた。どこに行こうというのか。

2

タクシーで向かった先は横浜港《よこはまこう》が見渡せるホテルだった。

首都高を使ったので、都心から三十分足らずで着いたが、タクシー代は当然高かった。支払いをしたのは姫花で、岸谷は黙って見ているだけだった。

横浜を訪ねたのはこれで何度目だろうか。実のところ、片手で数えられる程度しか来たことがない。

都心のホテルではお目にかかれない、ラウンジの巨大な吹き抜けに目を奪われた。贅沢な空間で、リゾートホテルにいる気分になる。たった三十分前まで南青山の居酒屋の狭い個室にいたことが信じられない。

ラウンジの窓際の席についた。

姫花がシャンペンとミルフィーユを頼んだので、岸谷も同じものにした。実は、選び方がわからなくて真似したのだ。何から何まで経験したことのないことだ。今はまだ、ワクワクする高ぶりと同じくらいに驚きが強い。

「今夜はここで誰かと会うんですね」

夜景を眺めている姫花の横顔は動かなかった。彼女の凛とした雰囲気に気圧されて、岸谷は声をかけられない。シャンペンとミルフィーユがテーブルに置かれたところで、姫花がようやく口を開いた。

「ここのミルフィーユは美味《おい》しいって評判なの。よく味わいなさい。今夜はこのミルフィーユをいただくために、タクシーを飛ばしてきたんだから」

「ええっ？」

岸谷は不意打ちを食らったようにのけぞった。わざわざ横浜までケーキを食べにくるとは。時間の無駄ではないか。美味しいケーキなら、東京にいくらでもある。

「呆れた？」

姫花が可笑《おか》しそうに笑顔を浮かべた。

「お店、忙しいはずでしょう？　なのに、こんなことをして」

「とにかく、食べてみて。タクシーを飛ばしてくる価値があることがわかるから」

岸谷はミルフィーユを口に運んだ。舌の上で甘みがゆっくりととろけていく。ほどよい甘みと歯ごたえは絶妙だ。姫花が美味しいと言うだけのことはあるが、それでも納得できるはずもなかった。

「美味しいからって、普通、タクシーで横浜まで来ませんよ。たとえこんなことができるだけの財力があっても、普通はしません」

「できるとかできないっていう話をしたいんじゃないの……。わたしは南青山での話のつづきをしているつもりなんだけどなあ」

「意味がわかりません」

「君は上流の世界を見たいと言ったはず。これがその典型だってこと。上流の人たちは、行動がお金の多寡に縛られないの。心がお金で縛られることを嫌っていると言い換えてもいいわ」

「金持ちって、そういうものでしょう？　わざわざ、横浜くんだりまで来なくたってわかりますよ」

岸谷は釈然としないまま不満げに言った。本当の金持ちはこんな無駄なことはしないと思う。これは成金がやることではないか。

「岸谷さんの言いたいことはわかるけど、頭でわかっただけではダメだってことを言いたいの。実際に経験することが大切なの。君にお金持ちの感覚を少しでも味わってもらいたかったってこと」

「なぜですか？」

「上流の人からお金をいただくからよ。それも少ないとはいえない額。はっきり言えば、かなりの額」

「それはつまり、サービスに対する正当な対価ですよね」

「正当な対価なのは当然のこと。お金をいただく時にへりくだった意識は必要ないの。卑屈になっていると舐められる。自信と自負を持ちつづけることが金持ちを相手にする時の基本よ」

「ぼくたちがはじめる仕事では、へりくだることもないし、卑屈になる必要もないということですね。どこにでもある安っぽい性的な商売だと、劣等感を持ってしまうでしょうけどね」

自尊心が持てない仕事では、いくら大金を得られたとしてもつまらない。心を弱らせることなく喜びを得られてこそ、楽しいし、やりがいのある仕事となるのだ。

「金持ちというのは、気品に対して高いお金を払うの。へりくだっていたり、卑屈になっている限り、気持よくお金を払ってもらえないのよ。気品は傲慢《ごうまん》とは違う。それくらいはわかるわね」

「言っていることは理解できますけど、ごく普通の家庭で育ったぼくに、上流の気品を求められても無理です」

岸谷はシャンペンを飲んだ。舌が乾かないうちに、今度はミルフィーユを口に運んだ。舌の上でシャンペンの芳醇な甘い香りとミルフィーユの甘みが絡み合う。うまい。こんなにも美味しい組み合わせがあったなんて……。

「同時に味わうと、絶妙な味わいになるんですね」

「そういうこと。しかも、横浜のエキゾチックな夜景が雰囲気を盛り上げてくれる。金持ちはね、こういうものにお金を出すの。ケチらない。東京からこのためだけにやってくる人は、いくらでもいるの」

「少し実感できました」

岸谷は深いため息をついた。姫花がタクシーで連れてきてくれなかったら、この極上の幸福を味わうことはできなかった。この事実は認めるしかない。しかし、ちょっと癪《しゃく》だ。

「明日の夜、君、時間ある？　それと、明後日の予定も教えてくれるかな」

「明日は仕事ですけど、夜の七時にはショールームを出られると思います。明後日は休みです……。仕事ですか？」

「今まで以上に、気品が必要な仕事よ。君にできるかな」

「仕事となったら、どんなことでもできますよ。八年間、嫌な客にも笑顔を向けてきましたからね」

「よかった……。急だから、無理かなと心配していたの。箱根に行くわ」

岸谷は気持が高揚した。この充実感は、客に契約書に押捺《おうなつ》してもらった時に味わう満足感や達成感に似ていると思った。

3

夜十時。

満天の星だ。目を凝《こ》らしていると、流れ星が見えたりする。風が吹くと、原野でススキのなびく音が聞こえてくる。

強羅《ごうら》の街の灯りが揺れている。

岸谷がいるのは、箱根仙石原《せんごくはら》の高級旅館だ。ゴルフ場がすぐ近くにあるらしいが、二時間前に着いた時にはすっかり漆黒の闇に包まれていたために気づかなかった。

目の前の籐椅子《とういす》に腰掛けている姫花に声を投げた。

「ここの旅館、ものすごく贅沢なんです。さっき、大浴場に行った時、仲居さんに聞いたんですけど、全部で八室しかないんですって」

「知っているわよ、もちろん」

「恥を忍んで言っちゃいますけど、ここまで贅を凝らした旅館に泊まるのは初めてです。姫花さんに感謝します」

「誰に対しても、感謝するってことは大切よ。楽しんでもらってかまわないけど、仕事のことも忘れないでよ」

「と言われても、何をしたらいいのか」

「君とわたしは恋人同士だってこと。セックスが好きでたまらないふたりが、箱根の旅館にやってきた」

「で、依頼は？」

「若い男女の仲のいい姿を見たいっていう人がいるの」

「で、具体的に何をしたらいいんですか。恋人同士を装うだけでしょうか」

「装うのではなくて、本気で恋人だっていう気持にならないと……。それができてこそ、わたしたちはお金をいただけるの」

「いつからはじめるんですか？」

「今からよ」

姫花は粘っこい視線を送りながら囁くと、籐椅子からお尻を落として、岸谷の足の間に入った。

彼女の浴衣の胸元がはだけた。乳房がつくる谷間が見下ろせる。それだけで、もう十分すぎるくらいに勃起した。

姫花は浴衣の上から、陰茎を撫でる。女王様の威圧的な雰囲気は感じられない。彼女は年下の恋人という設定をしっかりと守っている。

「どういう呼び方がいいんですか。ひーちゃん？　姫ちゃん？　呼び捨てがいいんだろうけど、ちょっと言いにくいな」

「好きにしていいわ。わたしも好きに呼ばせてもらうから。岸谷亮一だから、亮さんかな。君付けしたいところだけど、我慢するわ」

姫花はくすくすっと楽しそうに笑いながら、浴衣の下に手を差し入れた。

パンツの上から陰茎を撫でる。先端だけをてのひらで擦りつづける。体が熱くなっているのは、温泉のせいばかりではない。

パンツを脱がされ、陰茎が浴衣から引き出された。先端の笠が赤黒い。そこにも性欲と温泉の火照《ほて》りが混じっている。

「亮さんのおちんちん、ああっ、すごくおっきい……。食べちゃおうかな」

姫花が可愛らしい声をあげる。演じているようには思えなくて、本気で好きになってしまいそうだ。

胸の谷間に手を伸ばそうとしたが、彼女に拒まれた。

「いまはまだダメよ。わたしが気持よくさせてあげたいの」

姫花は垂直に立てた陰茎をすっぽりとくわえた。

こってりとしたフェラチオだ。ジュルジュルッという音をあげる。頭を上下に動かして陰茎をしごく。長い髪が垂れるたびに直す。唾液が幹を伝ってふぐりを濡らし、浴衣に染みをつくっていく。

籐椅子の背もたれに寄りかかった。

気持がいい。これは姫花という恋人のフェラチオだと胸に刻む。

「姫ちゃん、ああっ、気持がいい。おまえはやっぱりおれが見初めた女だ」

「亮さんに喜んでもらえるだけで、とろとろになっちゃう……。すごいの、わたしの大切なところが」

「触ってみたいな」

「ふふっ、後で。足りないもの、亮さんの逞《たくま》しさをもっと味わいたい」

姫花のくちびるがふぐりに移った。頭を下げていくうちに額しか見えなくなる。俗に蟻《あり》の戸渡りといわれる敏感なところだ。舌で押すような愛撫。時折、すっと舌先がアナルを掠めたりする。

「あっ……」

岸谷は小さく短い呻き声をあげた。

部屋のドアが開いたのだ。

快感が吹き飛んだ。

間違いない。誰かが入ってきている。部屋の明かりを落としていて見えないが、気配は感じる。

「ちょっと待って、姫花さん。誰かが入ってきています。部屋の鍵、開けたままにしてきましたか」

最後に大浴場から戻ってきてドアの鍵をかけたのは姫花だ。

姫花が顔を上げて微笑んだ。

「何も心配することはないから、このままつづけるの。誰が入ってこようが、手を出されようが、声が聞こえようが、気にしないこと。わかった？」

「こういうことだったんですね。やっとわかりました。オートロックのドアが開くはずがないと思いました」

岸谷は合点がいった。恋人同士のセックスを覗きたいという金持ちの欲望を満足させるという仕事なのだ。

舌がまた蟻の戸渡りに戻った。アナルをすっと舐めては足のつけ根に移る。左手で陰茎をしごき、右のてのひらで陰茎の先端を撫でている。

和室の引き戸がゆっくりと開いた。

暗い部屋に黒い塊《かたまり》が入ってくる。黒ずくめだ。黒いセーターに黒いズボン。黒い手袋に黒い帽子までかぶっている。

笑いそうになるのをくちびるを嚙んで堪えた。

「真剣に愛し合わないとダメよ。わかっているんでしょうね、この状況が何を意味しているのか」

姫花が小声でぶつぶつと呟いた。

「布団のほうに移ろうか、姫ちゃん」

何事もなかったかのように、岸谷は立ち上がって姫花をうながした。

窓際から和室に戻る。

ふたりは布団に仰向けになった。いや、三人だ。姫花と自分の息遣いに、もうひとりの息が重なっている。

姫花に浴衣を脱がされた。彼女も全裸になった。

闇の中でぼうっと姫花の白い裸が浮かび上がった。

白い薄絹《うすぎぬ》をまとっているように見える彼女のすぐ後ろで、黒い塊がわずかに動いていた。気づかれないようにしているのが可笑しい。

「早くおいでよ、姫ちゃん」

岸谷が手を差し伸べると、姫花が寄り添うように横になった。

ふたりは黒い塊のことを気にしない。

奇妙だけれど、これが興奮につながる。痛いくらいに勃起している。陰茎が勢いよく跳ねて下腹に当たり湿った音が響く。

「うくっ」

ごくりと唾液を飲み込む濁った音が黒い塊からあがる。

姫花の白くて細い指が陰茎を摑む。先端の笠に唾液を垂らしてしごきはじめる。潤滑剤代わりのようだけれど、そんな些細《ささい》なことが卑猥な気分を盛り上げる。くちゅくちゅっと音が響くが、乾いていくうちに音は落ち着いていく。

黒い塊が布団の端に腰をおろした。

気配がぐっと近くなった。足を横にちょっとずらせば触れてしまいそうだ。

「姫花、愛しているよ」

黒い塊に聞こえるように囁いた。

姫花は素直にうなずき、乳房を押しつけてきた。固く尖った乳首を、岸谷の米粒大の乳首に重ねた。

闇の中で黒い塊の目にはこの細かいやりとりが見えているのかどうか。岸谷は姫花の愛撫を味わいながらも、黒い塊のことが気になって仕方がなかった。不思議なことに、見えない存在という設定に、激しく興奮を覚えている。

金持ちというのは突拍子もないことを考えるものだと呆れる。想像力のないバカにはできない。こんなにまでして貪欲に性の快楽を求められるなんて、凄いことだと感心さえしてしまう。

姫花を仰向けにした。

白い肌がぼんやりと闇の中に浮かび上がり、張りのある乳房がブルブルっと波打つ。谷間の底に濃い闇が生まれ、尖った乳首のつけ根にも漆黒の闇は宿る。

乳首を口にふくんだ。

舌先で転がす。小さな呻き声が姫花のくちびるから洩れる。足元のほうからも荒い息遣いがあがる。

黒い塊は男だ。

岸谷は姫花の足を広げさせた。黒い塊に見せるためだ。

案の定、黒い塊が姫花の足の間に移って股間を覗き込んだ。岸谷はそこに男がいないかのように愛撫をつづける。

「姫花、気持いいか?」

「ええっ、すごくいい……。箱根がわたしを大胆にさせているみたい。どんなことでもできそうよ。何でも言って。わたし、あなたのためにやってみたい」

「ぼくに割れ目がはっきりと見えるように、足を大きく開いてごらん」

「あん、エッチ」

「エッチな男は嫌いじゃないだろう? ごく普通のエッチしかしない男なんて、淫乱な姫花が満足できるはずない」

「わたしは淫蕩《いんとう》な生活が好きなだけで、淫乱ではありませんから」

「どっちでも同じだ」

ふたりはくすくすっと笑いあった。

「ひぃっひぃっ」

黒い塊の男も小さな笑い声を洩らした。

下卑た笑いに、岸谷は身震いした。こんな男に姫花の大切なところを見せるなんて。一瞬、嫌だと思った。

今ここで立ち上がって男を殴って帰ったらどれだけカッコいいか……。その想像はすぐに終わらせた。後先考えない行動はすべてをぶち壊す。

嫌な奴というのは、車の営業をしている時もうんざりするほどいたではないか。

カッとなっても笑顔でいられるようになったのは、場数を踏んだ経験による。気持と表情を分離できるようになったのだ。それを活かせ。姫花に誘われたのも、営業で鍛えた精神力の強さが理由のひとつのはずだ。

「ほら、もっと開いて」

「ああっ、恥ずかしい……。あなたにだけ見せるのよ。あなたにだけ」

姫花が開いた足の間に、黒い塊が正座した。

「くっくっくっくっ」

下卑た笑いとともに、黒い塊は姫花の大切な割れ目を舐めはじめた。

荒い鼻息が彼女の肌を伝って岸谷のところにまで辿《たど》り着く。あまりの気味の悪さに、鳥肌が立つ。

「ああっ、いい……。もっと舐めて。わたしの敏感なところを舐めて」

姫花はねっとりとした声を洩らす。黒い塊に声をかけているのだ。

異様な雰囲気が強まる。

岸谷は軽い嫉妬も覚えた。でも、独占はできない。ならばせめて、黒い塊にふたりの淫らで濃厚な交わりを見せつけたいという思いになった。

乳房に舌を這わせる。黒い塊への対抗心のようなものも芽生えていて、それが熱心な愛撫になった。

乳房のすそ野から脇腹に向かい、腋《わき》の下に舌を這わせる。くすぐったがるのを気にしないで唾液を塗り込んでいくと、彼女の笑い声が喘ぎ声に変わっていく。

「腋の下が感じるなんて、ああっ、初めて。亮さん、もっともっと可愛がって」

「大好きだよ、姫花。ずっとずっと大切にするからね」

「ううっ、うれしい……」

白い肌がのたうつ。それに合わせて、黒い塊が上下する。岸谷の手もつづき、三人が連動していく。

岸谷は耳を澄ました。

ドアが開いたような気がした。意識をドアのほうに向けるうちに、襖がゆっくりと動くのがわかった。

　黒い塊がふたつになった。

　予想していなかっただけに、興奮よりも驚きのほうが強かった。

　金持ちの発想はやはり常人のそれを超えている。

「亮さん、今度はわたしと並んで横になってみて」

「並んで仰向けになるってこと？」

「こういう経験って、なかなかできるものではないと思わない？　どこまでも突き進んでみましょうね」

「寝ちゃったらゴメンナサイだ」

「面白いことを言うわね。寝られるわけがないから心配しないでいいわ」

　姫花と並んで仰向けになった。

　彼女の股間には黒い塊がへばりついていて、もうひとつの塊は、布団の傍らで横座りしていた。

　目を凝らすと、男の黒い塊よりも華奢だとわかった。女だ。

「亮さんも足を開いて」

　姫花にうながされて大きく開いた。

　小さめの黒い塊が、岸谷の足の間に入って座った。

手探りで陰茎を探している。

「どこにあるの。逞しいものが真っ暗で見えない。ああっ、どこにあるの」

中年らしい女性が囁いた直後、股間が明るくなった。

彼女がペンライトを点けたのだ。

姫花の股間に顔を埋めていた、大きな黒い塊だった男の顔も見えた。初老という印象ではあるが、眼差しも肌の張りも若々しい。

「明かりを消しなさい」

男がやさしく命じて、部屋はまた漆黒の闇に戻った。

姫花が割れ目を舐められはじめた。岸谷の陰茎は小さな黒い塊にすっぽりとくわえられた。岸谷は姫花と手をつないだ。十センチも離れていない。互いに向き合えば、キスできる近さだ。

フェラチオは三分近くつづいただろうか。陰茎からくちびるが離れた。そのタイミングで姫花の股間からも、男は離れた。

塊たちの愛撫が、口から手に切り替わり、同時に、ふたつの黒い塊が重なった。

激しいキスをはじめた。黒ずくめの姿で目立たないようにしているのに、それを忘れたかのように濁った音をあげる。

不思議なものだ。

闇の中でよく見えないからだろうか、キスに生々しさを感じない。目の前にいるのは、初老の男と中年の女なのだ。三十歳の岸谷からすれば、目を逸らしたくなる醜悪な光景のはずなのに。

「ぼくたちにも同じことをしてほしいな」

初老の黒い塊の囁き声は、姫花と岸谷の耳に届いた。ふたりは何を意味しているのかをすぐに察した。

四人の男女が全裸になった。

闇のおかげで異様な感じがしない。

「見えないと、ものすごく大きく感じるわ」

姫花が感嘆の声をあげ、初老の男の陰茎を強く握った。姫花はさらに囁く。

「ご夫婦揃って、あんあんって鳴き声をあげさせないとね」

彼女の言葉に、岸谷は自分も愛撫に加わらないといけないことを察した。

女性はもう小さな黒い塊ではない。闇の中で淡い肌色の輝きを放っている。

割れ目に口をつけた。

隣では姫花が初老の男の陰茎をくわえた。

彼女と目が合い、小さくうなずいた。頑張ろうという励ましなのか、楽しもうという意味合いなのか。

中年女性の割れ目はうるみにまみれていて、白くて太い条《すじ》となって流れ出している。クリトリスは勃起していて剝き出しになり、めくれた肉襞がひくついている。化粧の甘い匂いと粘液の生々しい匂いが混じり合って部屋に広がる。

「あなた、いいの、すごく。この人、わたしのモノを舐めるのがとてもお上手よ。すぐにもいってしまいそう」

ふたりは夫婦だった。なんて仲がいいんだと驚いた。金をかけて奥さんとセックスする旦那がいるとは。

「裕美《ゆみ》、いくところを、おふたりにお見せしてごらん」

夫は姫花のフェラチオを妻に見せつけるようにしながら声を投げた。

「ああっ、いってしまうわ、わたし」

女性はいきなり甲高い声を放った。のけぞりながら全身を震わせた。

まさか、これで終わるはずはない。

4

姫花と中年の妻は、ふたり揃って大浴場の温泉を楽しむために部屋を出た。残ったのは岸谷と初老の夫だ。

全裸だったふたりは今、浴衣を着ている。何事もなかったかのように、ビールを酌み交わす。女性陣がいなくなり、艶《つや》やかな空気はない。互いに名乗っていないが、名前を呼ぶこともないので不自由はない。

「君はいくつかな」

「今年三十歳になりました」

「そうか、三十かあ。ぼくの半分だね。どうりで初々しいはずだ。もしかしてこういう経験、初めてかい？」

初老の男の問いに、岸谷は素直にうなずいた。嘘をつきたくないという思いからではない。初めてと言えば、この初老の男は喜ぶだろうと察したのだ。

予想は当たった。

彼は嬉々とした表情になり、瞳が強い光を放った。好色な顔だ。若い男ならば隠す表情でもある。年を取ると、欲望への恥じらいがなくなるらしい。

「いいねえ、初めてというのは。ぼくたちがいろいろと教えてあげよう」

「はい、お願いします」

「二組のカップルが羞恥心をかなぐり捨てて快楽を追い求めると、一対一のセックスでは味わえない奇想天外なことが経験できるんだよ」

「経験豊富なんですね、えっと……。お名前を聞かされていないので、どんな呼び方をしていいのか」

岸谷はためらいがちに訊いた。姫花からは事前に、名前を訊いていいかどうかの指示はなかった。

「そうでしたな、名前を知らないとなると、気持の込め方が中途半端になってしまう。わたしは鈴木太郎《すずきたろう》。妻の名は裕美です」

初老の男が口にした名は偽名だろうが、それで十分だ。

「ぼくたちは姫花さんには何度か世話になっているんだ。彼女もいいけど、君もすごくいいよ。これからもよろしく」

「鈴木さん、お元気ですね」

「ははっ、ありがとう。君たちが素晴らしい刺激を与えてくれるから、元気でいられるんだ。君たちふたりはぼくらの回春剤だ。正直言って、楽しくセックスすることが、年寄り夫婦にとっての生き甲斐なんだよ」

「ぼくたちみたいな者が相手でもいいんですね」

「そりゃ、もちろん。この齢の夫婦なんて、普通だったら、誰も相手にしない。いつまでも、この仕事をつづけてくれるとうれしいよ」

「そうですね。頑張ります」

岸谷は不思議な思いに駆られていた。こんないかがわしい仕事でも、意外にも世の中のためになっていたわけだ。

自負を少し持てた気がした。性を売り物にしていることへの罪悪感があったが、正当化できる考え方を得た気分になる。

姫花と妻の裕美が戻ってきた。

ふたりは笑顔を浮かべている。昔からの仲良しのようだ。

「大浴場、素晴らしかったわ。やっぱり、箱根の温泉はいいですね。鈴木さん、どうもありがとう」

姫花が微笑んだ。頬を桜色に染めた顔には可愛らしい色気があった。

「君は車を売っているんですってね。お風呂場で姫花さんから聞いたわ。少しはお役に立ちたいですから、買い換えの時、お願いするわね」

「すみません、気を遣ってもらって……。でも、うれしいです」

「本業できちんと成績をあげないと、この仕事に打ち込めませんものね」

「お恥ずかしい限りです。そんなことを言われると、ぼくは素人だなあって思ってしまいます」

「いいのよ、素人で。君のように素姓がわかった素人のほうが信頼できるの……。最近は、プロでも信頼できない時代ですから」

鈴木の妻の言うとおりだ。プロであるべき水商売の女たちがマスコミに有名人との関係を平気で売ってしまう時代なのだ。素人でも、身元がしっかりしている男のほうが信頼できると考えたとしても不思議ではない。

裕美が冷蔵庫からシャンペンのボトルを出した。

最高級のシャンペンだ。グラスも冷やしてあった。しかもそれは、旅館に借りたグラスではなくて、今夜のために買い揃えたものだという。こういうことは、金銭的にも精神的にもゆとりがないとできることではない。この夫婦は間違いなく、上流に生きる人たちだ。

四人はベッドにあがった。

太郎はボトルを握っているが、三人はグラスをテーブルに置いている。

太郎は、妻と姫花に並んで仰向けになるようにうながした。

「岸谷君、シャンペンでわかめ酒をやってみようじゃないか。日本酒とは違った乙な味わいになるかもしれないぞ」

彼の言葉を聞いていたふたりの女性は浴衣を脱ぎ、太ももをきっちりと閉じて仰向けになった。

「ぼくが姫花ちゃんで、岸谷君は女房を楽しんでくれないか」

太郎はゆっくりと、姫花の股間にシャンペンを注いだ。

黄金色のシャンペンが股間に溜まる。陰毛に細かい泡がとどまるが、姫花が息をするたびに下腹部が上下し、泡が離れて消えていく。耳を澄ますと、泡が弾ける軽やかな音が聞こえる。

岸谷も裕美に同じことをした。

溜まったシャンペンの中で、黒々とした陰毛が揺れる。姫花よりも陰毛は濃く長く面積が広い。むっちりとした陰部のために、溜められる容積も大きい。

「ああっ、変な感じ……」

姫花が悲鳴にも似た声をあげた。嫌がっている声ではない。岸谷は姫花に声を送った。

「どんなふうに変なんですか？　感触を教えてください」

「シャンペンの泡がパチパチって弾けているの。割れ目ちゃんの入り口だけじゃなくて、女のいちばん敏感なところにも泡がくっついて弾けるの」

「気持よさそうですね」

「気持がいいのかくすぐったいのか、よくわからない。ああっ、変な感じ」

岸谷は目を転じて、裕美の股間を見遣った。

彼女はうっとりとした表情を浮かべている。くすぐったそうではない。

「ねえ、飲んで、岸谷さん。洩れてしまいそうですの」

彼女は粘っこい眼差しを送りながら、乳房を自分で持ち上げた。

岸谷はシャンペンをすすった。

シャンペンが少なくなるにつれて、揺らめいていた陰毛が肌にべたりと張り付く。それが淫らな光景として映る。

「わたし、二口程度しか飲んでいないのに、酔ったみたい」

姫花はとろんとした目で言った。太郎がうれしそうに瞳を輝かせた。

「割れ目の粘膜は、胃からより何倍も速く、アルコールを吸収するんだよ。しかもダイレクトに。だから、想像以上に早く酔うから気をつけないといけない。こういうことを知っていないと、生命にかかわるからね」

太郎はこの時ばかりは真顔だった。彼はすぐ、知識のないまま好奇心だけでSMプレーをした友人のことを話した。パートナーの女性に日本酒で浣腸をしたまではいいが、粘膜からの吸収が速いことを知らなかった。急性アルコール中毒で救急車を呼ぶ騒ぎを起こしたという。

「裕美さんは大丈夫ですか？」

「わたしは平気。お酒に強いの。あなたさえよければ、二杯でも三杯でも、わたしの割れ目でどうぞ」

裕美の言い終わるのを待ってから、姫花が充血した赤い目で言葉をつづけた。

「シャンペンはまだ残っているでしょう？　今度はわたしたち女性陣が、わかめ酒を飲む番。太郎さん、いいでしょう？」

姫花は太郎からボトルを奪うと、男ふたりを並んで仰向けにした。

可笑しな光景だった。

全裸の初老の男と三十歳の男が並んで仰向けになり、きちんと足を閉じながら勃起している。性欲というのは野放図で雑然としているのが普通なのに、ふたりの下半身は整然としていて礼儀正しかった。

「ふたり分あるかなあ。足りなかったら、つまらないな」

姫花がボトルを傾けて確かめていると、裕美が冷蔵庫からもう一本、シャンペンを取り出した。

岸谷は内心唸った。こういうのが、真の豊かさなのだ。

「さてと、太郎さん。くすぐったいでしょうけど、我慢してね。絶対にベッドを濡らしたらいけないわよ。弁償すればいいっていう問題ではないですからね」

「姫花ちゃんは相変わらず厳しいな。頑張ってみるけど、最近、筋力が衰えてきているから、足を閉じていられるかどうか」

太郎は足をきっちりと閉じ、指先を伸ばして太ももにつけて待ち受けた。

姫花がシャンペンを注ぎはじめる。

溜まっていくと、陰毛が揺れはじめる。屹立した陰茎が細かく上下し、溜まったシャンペンに波紋ができる。

「太郎さん、どう?」

「変な気分だ。オイルマッサージの感触とも違うし、ゼリーを垂らされた時とも違うな」

「冷たいけど、気持いいでしょう？　泡も素敵だと思わない？」

太郎は仰向けで気をつけの格好のままうなずいた。

今度は岸谷の番だ。姫花がつづけてボトルを傾けた。

「あっ、ああっ。気持、いい……」

快感が大きくて鋭かった。泡の一粒が弾けるのもはっきりと感じ取れた。

姫花はためらうことなく注ぎつづける。

ふぐりは半分ほど没したが、屹立している陰茎はつけ根の下側を濡らした程度だ。

裕美が好色そうな笑い顔をゆっくりと陰部に寄せていく。シャンペンをすすり、ふぐりを舐める。喉を鳴らして何度も飲み込み、赤い顔がさらに上気していく。

岸谷は気持よさを味わいながらも、金持ちはこういう金の使い方をするんだなあと驚き感心していた。

シャンペンは安売りの酒屋で買っても二万はする超高級品だ。それを二本も惜しげもなく陰部に注いでしまうとは。なんという贅沢さだ。

裕美はシャンペンを口に溜めたまま、陰茎を呑み込んだ。

冷えたシャンペンと中年女性の生温かい口の中の感触が入り交じる。これ以上ないというくらいの猥褻《わいせつ》さに、彼女の口の中でいきそうになる。

「殿方の場合は、シャンペンが粘膜から吸収されることはあまりないでしょうから、姫花さんのように、お酔いになったりはしませんわね」

裕美が熱い眼差しを送る。性欲が充満した目だ。くちびるについた滴を舐める舌もいやらしい。欲望に濡れた口だ。

「体は酔っていませんけど、このエッチな雰囲気に酔わされています。こんな世界があったんですね。この現実が信じられないです」

「よろしいんですよ、信じなくて。明日になれば、すっかり忘れて何もなかったことになるのですから」

「それをひっくるめて、すごい世界ですね」

裕美が悩ましげにため息をついた。少し酔っていた。シャンペンのせいばかりではない。彼女もまた、この異様な雰囲気に酔っていた。

太郎はベッドを下りた。ソファに広げていたボストンバッグから、大きなディルドウを取り出した。

大きい。その大きさと生々しさに目を見張った。

長さが三十センチ、太さは四センチほどと巨大だ。肌色で、浮き上がった血管までリアルにつくっている。なによりも異様なのは、左右どちらも、陰茎の先端の形になっていた。レズビアン用の双頭ディルドウだ。

「見目麗《みめうるわ》しいおふたかた、四つん這いになっていただいて、よろしいでしょうか。並ぶのではありませんよ。おふたりには、お尻をくっつけるような位置取りをお願いしたいんですよ」

太郎は喜色満面で、慇懃《いんぎん》なくらいに丁寧な口調で言った。

姫花と裕美は言われたとおりに四つん這いになった。太郎は相撲の行司のようにふたりの間に入り、双頭ディルドウを掲げた。

「想像力の豊かなおふたりならば、もうおわかりだろうね。今度は女性同士で楽しんでもらうよ。男性陣はさっきのシャンペンで酔ったから小休止だ」

岸谷は手伝うこともなくて間近で眺めていた。

太郎は双頭ディルドウを水平に保ちながら、ふたりの女性に近づかせる。工事現場の監督のようだ。先端がふたりの割れ目につくと、

「この双頭ディルドウを介して、今ふたりの女の核心部分がつながる。これでふたりはエロ姉妹だ」

太郎は下卑た笑い声をあげながら、ふたりの背中に手をあてがい、ゆっくりと近づくように指示した。行司のようだ。

ディルドウの先端が埋まった。

ふたつのむっちりとしたお尻の間隔は十センチ。太郎はふたりの女性の腰に手をあてが

い、性欲が暴走しないように動きを制御する。

裸の行司は真剣だ。

岸谷は可笑しくて笑いそうになった。快楽を求めているのに、滑稽に見えることが可笑しかった。そして少し残念だった。

笑うよりも笑われる立場のほうがいいと思った。傍観者でいるよりも、当事者のほうがどれだけ楽しいか。

行司の両手が動いた。

ふたつの白いお尻が接近し、ディルドウが埋まっていく。

小さな喘ぎ声が洩れはじめ、ふたつのお尻が小刻みに動く。乳房は重力によって鋭い円《えん》錐《すい》の形になって揺れる。

ディルドウがすっかり埋まり、ふたつのお尻がぴたりとくっついた。

太郎は両腕を広げては閉じる。お尻の間隔も広がってはくっつく。激しくぶつかると、ぺちゃぺちゃっと湿り気を帯びた音があがり、そこにふたりの呻き声が加わってくる。

太郎の両手がふたりの下腹部に潜り込んだ。

クリトリスを同時に撫でる。

ふたりの背中が大きく波打つ。頭が下がり、お尻を突き上げる格好になる。それでもディルドウは抜けたりしない。快楽の源を離してはいけないという共通の意思がふたりに働いている。

「君、初めてだろう？　女たちのこんな貪欲な姿を見るのは」

太郎が微笑み、岸谷はうなずいた。

「離れて眺めているだけだと面白くないんじゃないかい？　快楽の当事者にならないとね。いいかい、岸谷君。快楽は求めないと得られない。待っていても、勝手にやって来たりはしないよ」

「快楽は求めた者だけに与えられるんですね」

「だから君もベッドに上がって」

「どうすればいいですか」

「妻の前に立ってごらん。ぼくは姫花さんの前に立つから」

岸谷は言われたとおりにした。

約二メートルの間隔を空けて、太郎と向かい合った。ふたりの男の股間の前には四つん這いになった女の顔がある。

これが太郎のたくらみだ。

姫花が太郎の股間に顔を寄せる。岸谷の陰茎を、裕美の口がくわえこむ。

太郎が腰を押し込む。つられて、姫花の体が後ろに動く。すると、ディルドウが裕美の割れ目の奥を突くことになる。同時に裕美の頭も動くので、岸谷の陰茎が喉を塞ぐことになる。

太郎の動きが姫花と裕美を介して岸谷に伝わる。岸谷が腰を動かした時も同じことがおきて太郎の陰茎を刺激する。つまり、四人が当事者で四人が主役だ。

「岸谷君、気持がいいだろう？　ぼくもこんなに硬くなるのは久しぶりだ。息をするのも忘れそうだ。膝もガクガクして立っていられないくらいだ」

「ぼくはいかないように我慢しているのが精一杯です。この気持よさを味わうゆとりがありません」

「そうか、そうか」

太郎はうれしそうに微笑み、ふたりの女性に仰向けになるように指示をだした。

四人はバラバラになった。

ふたりの女性は仰向けになって足を大きく開き、陰部を近づけた。姫花が先にディルドウを挿入し、裕美が合わせた。

ディルドウの幹の部分が消え、陰部が触れあう。ふたりの陰毛が絡み合い、粘膜が重なる。喘ぎ声が響き合う。同じ快楽を求めて、腰の動きが同調する。

「岸谷君、眺めているだけではつまらないだろう？　何をしてもいいから、やってごらん。遠慮はいらん」

「恐れ多いです。鈴木さんが先にやってください。見習わせてもらいます」

「先達に習うってことか……。殊勝でよろしい」

太郎は冗談めかして言った。その表情は満足そうだ。

姫花に覆いかぶさった。

シックスナインの格好だ。姫花はすぐに陰茎を深々とくわえた。岸谷も同じように裕美とシックスナインの格好になった。

ああっ、こういうことだったのか。

岸谷はようやく合点がいった。

異様な光景だ。

双頭ディルドウで女同士がつながっている。そこに男たちがかぶさり、シックスナインをするのだ。ここでも、四人は快楽の当事者であり主役だ。

「ああっ、いきそう……。わたし、おかしくなっちゃう」

裕美が苦しげなくぐもった声を洩らす。陰茎をくわえていなければ大声を放っていただろう。くちびると舌が激しく陰茎を突っついて絡まる。

中年妻の陰阜《いんぷ》が変化をはじめた。

割れていた厚い肉襞が力を失ったように広がり、白く濁ったうるみが流れだした。陰阜がぷくりと膨《ふく》らんでは萎《しぼ》む。膨らむたびに、尖ったクリトリスの固さが増し、萎むと肉襞にクリトリスは隠れる。

岸谷はクリトリスを一心に舐める。

舌が痺れるが、かまわずにつづける。極力、陰茎の快楽を気にしないように努める。そこに没入して感じてしまったら、すぐにでもいってしまう。

夫婦が昇りつめるまで、岸谷はいかないと心に誓っている。それが招かれた者としての責務だということをわかっている。

太郎が離れた。

昇ったのではない。初老の体には四つん這いの体勢をつづけるのが厳しいのだ。姫花もそのあたりのことは重々承知しているから、離れた理由を訊いたりはしない。

岸谷はシックスナインの格好をつづけた。姫花と裕美はディルドウで今もつながっている。

「離れていいよ、姫花さんも岸谷君も。裕美はいくとすぐに寝てしまうから、たいがいは裕美を最後にしているんだ。なあ、そうだな、裕美」

裕美は憎らしそうな顔で太郎を睨みつけた。もちろん、口元には慈しみに満ちた笑みを湛えていた。

岸谷は豊かさを湛えた初老の夫婦を見て感じ入った。

金にゆとりができると、セックスも心ゆくまで堪能できるし、愛情にも余裕が生まれるということだ。この真逆の言葉が、貧すれば鈍するということになるのだろうか。

「岸谷君は若いのに、持久力があるね。見事なもんだ」

「ありがとうございます。こういうことで誉められたことがないんで、ちょっと恥ずかしいですね」

「今夜はいろいろと変わったことを経験したと思うけど、どうだい？」

「セックスというのは、果てがないんだと思いました。愛撫して挿入してお終いってわけではないんですね」

「快楽は、途方もなく、どこまでもつづいているんだ。ぼくはそのことに気づいたから、セックスに飽きないんだ」

「うらやましいです」

「素直でよろしい……。そんな素直な君に、もう少し別の快楽を味わわせてあげるよ。仰向けになってごらん」

岸谷ひとりだけが仰向けになった。足元には姫花と裕美が座り、ベッドの端に太郎が腰をおろした。

男女三人に見られていて、居心地がいいはずがない。陰茎はすぐに萎えて、だらりと垂れて下腹に横たわった。

岸谷の両脇に女性ふたりが横になった。右が姫花、左が裕美だ。太郎は相変わらず、ベッドの端に座っている。

女性ふたりは同時に陰茎に顔を寄せた。長い髪が股間を覆い、岸谷の視界から陰茎が消えた。

5

別の禁断の世界の扉が開く。

裕美がふぐりにくちびるを寄せた。反対側の姫花も同じように口を近づけた。ふぐりをふたりの女性が舐める。

舌の動かし方が微妙に違っている。

裕美の舌は表面をすっと掃《は》くように舐めては離れる。姫花のは、ふぐりを圧迫するように舌全面をべたりと張りつけて舐める。

舌そのものの感触も違っていた。

裕美の舌はやわらかくて小さい。体つきと同じように、舌も華奢だ。一方、姫花の舌には厚みがある。女性としては体が大きいからだろうか。舌の奥から力が伝わってくる。

「わたしが先に、おちんちんをおしゃぶりしてもよろしくて？」

裕美が囁いた。姫花がうなずくのが、頭の動きと髪の揺れ方でわかった。

裕美の小さい口が、陰茎の先端をくわえ込んだ。姫花は変わらずに、ふぐりを舐めつづけている。

「ぼく、初めてです。こんなに気持よくなったことって」

陰茎にふたつの快感が生まれている。どちらも強烈だ。我慢できずに、何度も呻き声を部屋に響かせた。

射精しそうだ。でも、我慢することが務めだとわかっている。足の指を反らしたり曲げたりして、快感から意識を逸らす。これは遊びではないんだぞ。快楽に体が凌駕《りょうが》されそうになるたびに戒める。

裕美はそういうことがわかっているらしい。我慢している姿を楽しそうに眺めては、舌遣いを丹念にしていく。

「姫ちゃんも、わたしと一緒におちんちんの先っぽを舐めて」

姫花はうながされてくちびるを寄せた。

陰茎を間に挟んで、ふたりはキスをはじめた。レズプレーではない。フェラチオの延長上にある、男の興奮を煽るためのプレーなのだ。

女同士で絡めあう舌が、陰茎にも張りつく。ふたりの口の粘膜を、陰茎で同時に感じ取る。ふたりの唾液に先端も幹も濡れていく。

「岸谷君。どうだ、気持がいいだろう。セックスの奥深さの一端を感じ取れたんじゃないかな」

太郎が声をかけてきたが、岸谷はうなずくだけだった。返事をしたら、この濃密な空気が消えそうな気がした。

「黙っていたらわからないよ。舐めているふたりのことなんか気にしないで、男同士の会話をしようじゃないか」

「そう言われても……」

「君に忠告だ。快楽に浸っている時、女に気を遣っちゃいけない。底の浅い快楽しか味わえないぞ。気を遣えばいいってもんじゃない。相手の女性にとっても、男が底の浅い快楽しか味わっていないなんて不幸だ」

「舐めてもらっている時に鈴木さんと話をしたら、ふたりの女性に悪いかなあと思ったんです」

「もったいない、実にもったいない。気を遣うセックスをしていたら、楽しめないし、醍醐味も味わえないのに」

「ぼくは女の人を大切にしたいと思っています。自分の快楽だけを考えるような、身勝手な男にはなりたくありません」

「ははっ、すごいこと言われたな」

太郎はゆっくりと笑い声をあげると、ふたりの女性からも笑いが洩れた。

笑っている時の女性ふたりの舌の動きは官能的だった。ただ舐められたり、しゃぶられたりする気持よさとも違うし、しごかれて生まれる快感とも違う。快感のツボに直結していた。それは偶然なのか、笑い声がそれを引き出しているのかわからない。

「あなた、話しかけるのはそれくらいにしてちょうだい。若い人には、年寄りの話なんて面白くないの。楽しめって言うその言葉が邪魔になっているんだから」

「裕美も厳しいことを言うなあ」

太郎はまた笑い声をあげた。きついことを言われているのに、怒る気配はない。それどころか、面白そうに笑っている。

これぞ大人のゆとりだ。一緒にいる人の気持を不快にさせたり、居心地を悪くさせることがない。豊かな気持にさせてくれる。

「ぼくは気にならないので大丈夫です」

「君はそう言っているけど、おちんちんは正直よ」

裕美が指摘したとおりだ。陰茎の芯はわずかに柔らかくなっていた。

快楽を持続するには集中力が必要なのだ。どんなに強烈な快楽であっても、気が散れば萎える。

「わたくしたちと楽しみましょう。主人がさっき言ったこと、忘れておりませんわよね？気を遣うセックスをしていたら楽しめないって」

「いいんですか。ぼくはご夫婦に呼ばれた身なんで……」

「裸のおつきあいをしている時に、そんな無粋なことをおっしゃらないように。主人は、全身全霊で快楽と向かい合っている人が好きなの。だから、姫ちゃんのことがお気に入りなんですよ。あなたのことも気に入ったみたいですから」

姫花は陰茎にくちびるを寄せながらうなずいた。言われたとおりにしていい。彼女のしぐさはそう言っている。

「だったら、遠慮なく」

岸谷は目を閉じて全身の力を抜いた。

愛撫に集中する。

裕美と姫花の違いがよりいっそうわかってきた。

くちびるのぬくもりが違う。柔らかみも違う。指の腹の感触も、撫でる時の力の入れ方も、唾液の粘度も違う。

ふたりの口の中に、陰茎が入った。半分ずつだ。

ふぐりをてのひらで包む。それも半分ずつ。ふたりは太ももに乳房を押しつけてくる。

姫花のほうがたっぷりとしていて張りがある。

姫花の乳房のほうが揉みがいがあると思う。でも、押しつけられているだけだと、強い弾力を失っている裕美のほうが気持いい。

意外だった。

若い肉体のほうがすべてにおいて快楽が強いと思っていたが、間違いだった。若さでは味わえない快楽がある。裕美がそれを教えてくれた。愛撫のテクニックの類いではない。中年女性の熟れた肉体そのものが快楽なのだ。

裕美だけが陰茎をくわえ込んだ。

口の中の粘膜が陰茎にへばりついてくる。やわらかいだけではない。刺激が強くて気持がいい。

次に姫花が陰茎を口の奥深くまでくわえた。

口の中が窮屈で、吸引力も強い。若々しさとエネルギーを感じる。勢いがあって、晴れ晴れとした気分になる。

「このまま、姫ちゃんにしゃぶってもらいながら横を向いて」

岸谷は裕美の囁きに応じた。姫花は陰茎を離さなかった。

背後の位置になった裕美が、背骨の凹みに沿って舌を這わせる。姫花のフェラチオはつづいている。裕美の舌は腰からお尻に下りてくる。繊細なタッチだ。上半身をブルブルッと震わせるほどの細い快感が生まれる。

「いいなあ、若い男の子は。ふたりの女の愛撫が丹念だ。ぼくなんかだと、ここまでしてくれない」

太郎がうらやましそうに言う。本気で文句を言っているのではない。岸谷の興奮を煽るための言葉だ。

裕美が岸谷の片足を持ち上げた。

股間に顔を入れたと思ったら、フェラチオしている姫花の乳房を舐めはじめた。

「あん、素敵」

姫花が陰茎を口にふくんだまま、粘っこい声を洩らした。

裕美の舌が岸谷に移った。ふくらはぎから太ももに這い上がってきて、ふぐりの奥底に辿り着いた。

意外な角度からの愛撫に、強烈な快感が引き出される。しかも、右足だけを中途半端に上げている格好というのは、男としては羞恥心を煽られる。

「岸谷君、気持いいか？　君がうらやましいよ。ぼくは一度もやってもらったことのない愛撫だ」

「すごく、いいです。太郎さん、ぼくと代わりますか」

「いいって、気を遣わなくて。快楽を奪い取るような非情なことはしないから。ぼくもいい勉強させてもらった。女性ふたりが極限まで興奮すると、協力して今まで見たこともない愛撫をするんだね」

「すみません。ぼく、いきそうです」

「姫さん、口で受け止めてあげなさい。この子だって頑張ったんだから、ご褒美《ほうび》をあげないとね」

姫花はうなずくと、陰茎を吸った。ふぐりの奥底を舐めている裕美も、唾液をたっぷりと撫でつけては吸う。張りつめているふぐりの皮を伸ばすように舐めたりもする。

「ぼく、我慢します。太郎さんたちの満足が先です」

いきたいけれど我慢だ。射精する準備はできているが、いってしまったら今夜はもう勃起しない気がした。

「素敵な心がけ。君、素晴らしいわ。ふたりで朝まで頑張りましょうね」

姫花が口の周りを唾液でべたべたに濡らしながら誉めた。

岸谷は自分に課せられた責任を自覚し、少し興奮した。成長した気がした。他人の快楽を優先して考えたのは、初めてだった。

第五章　しもべになって

1

箱根の旅館で濃密な時間を過ごしてから、一ヵ月が過ぎた。

金曜夜十時。

岸谷は今、姫花の店にいる。今夜は客の立場だ。川口所長に連れてきてもらった。

所長はご機嫌だ。営業所全体の成績がいいので、四半期の目標を予定より早くクリアできそうな勢いなのだ。岸谷の頑張りによるところが大きいのだが、箱根で出会った鈴木太郎夫妻のおかげだった。資産家の知人を数人紹介してくれたことで、最上位の高級車が計八台も売れたのだ。

所長の横で、入店してまだ二週間だというマゾ嬢が床に直に座っている。桃子《ももこ》、二十八歳。所長はこの子も気に入ったようだ。

「姫花ママが言っていたけど、桃ちゃんは正真正銘の真性マゾヒストなんだってね。ひっひっひっ。ほんとかな」

所長は下卑た笑い声を洩らしながら、さりげなく桃子の肩に触れる。ノースリーブの黒色のドレスからは、透き通るような肌があらわになっている。濃いオレンジ色の明かりに染まった肌は妖艶だ。

姫花が席についた。五分程前に三人連れの客が帰り、今は岸谷たちだけだ。

「所長が言ってましたけど、桃子さんが真性のマゾっていうのは本当ですか、ママ」

岸谷は姫花に声をかけた。この店ではあくまでも若い客とママという関係だ。濃厚なフェラチオをしてくれたことなど絶対に口外しない。

「わたしとしては、桃ちゃんの自己申告を信じます」

「もう少し、ショーを過激にしてみれば、桃ちゃんの本性がわかるんだけどなあ」

所長が言うと、姫花が睨んだ。

「新人の子に厳しいことを言わないで。真性のマゾでも、ショーとなると別モノですから。少しずつ調教していく必要があるの。原石なのよ、桃ちゃんは」

「磨いているのかい？」

所長が訊くと、姫花はすかさず笑顔で答えた。

「桃ちゃんには、オナニー禁止令を出しているの」

「へえ、そうなんだ。桃ちゃん、どんな気分だい？」

桃子は恥ずかしそうに身をよじった。

乳房の谷間が深くなり、性欲が渦巻くかのように細かく震えた。その姿を目の当たりにして、岸谷も所長も、オナニー禁止や真性マゾということが本当に思えた。

「普段は何も感じません。ただ、こうしてお客様とお話ししている時とか、ベッドに入った時、敏感なところをいじれないのは、正直、せつないです」

桃子の声はしっとりとしている。話しながらも快楽に酔っているようだ。彼女のそれは演技ではない。

「男の人が射精禁止を命じられて我慢できるのって、どのくらいの期間ですか？」

桃子が訊く。所長がうれしそうに答える。

「若い頃だったら三日が限度といったところだ。今は一週間かな。だけど、忙しくなると性欲を忘れるから、実際は十日かな。でも、桃ちゃんが相手をしてくれたら、一日たりとも我慢できないよ」

「この人ったら調子がいい。わたしにも同じことを言ったわよ」

姫花があきれ顔で言うと、全員が大声で笑った。姫花はつづけて言う。

「女の場合は、オナニーを禁止された当初は辛いけど、しばらくしたら、こんなものだろうって、気にならなくなるの。そこが男の人と違うところじゃないかな」

「ということは、わたし、今がいちばん辛い時かもしれません」

「若い岸谷さんはどの程度我慢できるの？」

姫花が訊く。楽しげな眼差しだ。

「ぼくも所長と同じで十日が限度だと思います。それでも我慢させられたら、きっと、夢精しちゃうと思います」

「夢精かあ、懐かしい言葉だな。おれも中学時代にあったな」

所長が口を挟んできた。

岸谷は今朝、夢精した。姫花に熱心にフェラチオをしてもらっている夢を見たせいだ。目覚めたら、パンツの前面が半分以上べっとりと濡れていた。中学生の時以来だったから、すぐには何が起こったのかわからなかった。

「岸谷君は最近、夢精した？」

「恥ずかしながら、今朝しちゃいました。ここのところ忙しくて、オナニーする暇がなかったからです。所長のせいだと思います」

「三十歳の男の精液なんて、臭そう。夢精した後って、性欲はなくなるもの？」

姫花は顔をしかめながら訊いた。

「性欲が消えてなくなったりはしません。夢精するくらいだから、性欲も体も健康なんです。今だって、姫花さんや桃ちゃんのおっぱいを見たら、すぐにもビンビンになると思います」

「そういう下品な言い方をするのは止めてほしいなあ。わたしたちまで下品な世界に引きずり込まれそうだわ」

姫花は今度は睨んでから笑い声をあげた。酒を飲みながらの他愛のないくだけた会話は楽しい。

岸谷はトイレに立った。テーブルに戻る手前で、姫花がおしぼりを渡しながら、耳元で囁いた。

「急で悪いんだけど、今夜、時間をつくってほしいの。明日、休める?」

「はい。明日はたまたま、休みです。ショールームの模様替えで業者が入るんです。所長は立会いで出勤しますけど」

「午前一時に、西新宿のホテルのロビーで待ち合わせ。わかった? 今までにはない新しい楽しみが味わえるはずだから」

岸谷はおしぼりを受け取った。股間が一瞬にして燃えた。胸の奥も息苦しくなるほどに熱くなった。

一ヵ月ぶりだ。

2

午前一時。

岸谷は姫花に指定された、西新宿の高層ビル群の一角にあるシティホテルにいる。夜中だというのに数十人もの若い男女がロビーにいる。大きな声を出したりして賑やかだけれど、迷惑というほどではない。

ハイヒールを高らかに鳴らしてロビーを歩いてくる女性たちがいる。姫花と連れの女性だ。茶色の長い髪、派手目な化粧、長い爪の真っ赤なマニキュア。一見して、堅気の商売の女性ではないとわかった。

「待った？」

姫花は明らかに酔っている。呂律《ろれつ》が怪しかった。岸谷が店にいた時はしっかりしていたが、その後かなりの量のアルコールを飲んだのだろう。

「こちらは、美希《みき》さん。同じ商売の子。仕事ではマゾをやっているけど、本当はSっけがたっぷり」

姫花はチェックインするためにひとりでフロントに向かった。

美希とふたりになった。姫花と同じ業界かと思うと、岸谷は少し気が楽になった。上流の世界の人とは気構えが違う。

「美希さんのお店はどちらですか」

「新宿。今の店のことはあまり話したくないな。もうじき替わるつもりでいるから」

素っ気ない返事だ。しっかりとした口調からすると、彼女は酔っていない。

「君、いくつ？　姫花さんからは、君のこと、何も聞いていないんだ」

「三十歳です」

「年下とは思ったけど、見た目よりは年がいっているのね」

岸谷が苦笑していると、彼女は辛辣《しんらつ》な言葉を投げつけた。

「痩せている男って性的な魅力がないのよね。君、体を鍛えていないでしょう。姫花さんは、こんな男をよく呼んだわね。呆れちゃう」

「すみません。もし気に入らないなら、姫花さんにはっきりとおっしゃってください。楽しく過ごしてほしいですから」

「偽善的だなあ」

「正直な気持です。第一印象の悪い相手と一緒にいても、楽しくないと思います。時間もお金ももったいないですよ」

「わたしの第一印象が悪いってこと？」

「ぼくの気持は関係ありません。美希さんの気持がすべてです」

「ほんとに嘘臭い」

「嘘をついてまでお金を得ようとは思いません。セックスの醍醐味を味わってほしいんですよ。嫌なら、遠慮せずに断ってください」

「いい人ぶって……不愉快だなあ」

美希はうんざりした顔で大きなため息をついた。岸谷は、戻ってきた姫花に助けを求めるような眼差しを送った。

「ふたりで盛り上がっていたみたいだけど、話がまとまったの？」

「その逆、かもしれません」

岸谷はためらいがちに言うと、真逆のことを美希が言った。

「まとまったわよ。わたし、気に入ったわ、この子」

「よかった。だから、言っていたのよ。美希なら気に入るって」

岸谷は姫花から部屋のカードキーを手渡された。デポジットですでに五万円をフロントに預けてあるから、自分でチェックアウトして、と言われた。つまり、姫花は部屋にあがらずにここで辞するということだ。

「姫花さん、帰るんですか？　ぼくひとりで、お相手をするんですか？」

「そうよ。美希さん、気に入ったみたいだから、わたし、安心して任せられるわ」

「逆ですよ。さっき、ふたりになった時、ぼくのことを『こんな男』呼ばわりして、ほんとに嫌そうな顔をしたんですから」

「美希がそういう顔をした時って、気に入った証拠なの。遠くから見ていても、すごく気に入ったってわかったもの」

「ほんとですか？　だとしたら、そうとうに性格がひねくれているな」

「とにかく、朝までおつきあいをして。明日、連絡するわ」

姫花は帰っていった。

ふたりきりになった。

なんとも居心地が悪い。相手をけなすことで愛情表現をする女性がいるのかもしれないが、岸谷はつきあったことがない。

「部屋に行かないの？　あなたが部屋の鍵を持っているんだから、誘うのはあなたの役目じゃない？　気が利かない男と一緒にいると、ほんとにイラつくんだよね」

岸谷は愛想笑いを浮かべる。だったら別れて帰りましょうよ、と言いたい気持を喉元で抑え込む。

「部屋、行きましょうか」

「わたしが言ったことを繰り返すなんて、君、バカじゃないの？　真似をしても平気でいられる神経って、信じられない。姫花さんがここまでレベルの低い男を連れてきたなんて、信じられないなあ」

美希のうんざりした顔を見て、岸谷の心に一瞬、憎悪が宿った。刹那、美希の表情がひきつった。目の前にいる男の心に芽生えた敵意と憎悪を察したのだ。それらの感情を蹴散らすように、鋭い声でまくしたてた。

「わたしのことが憎い？　この程度のことで自尊心を傷つけられた？　どんなことをしてでも、わたしを気持よくさせるのがあなたの役目なんじゃないの？　自分が何者で何をすべきなのかわかっていないなんて、ほんとに最低レベルだわ」

「憎いとは思っていません。ただ、初対面でそこまで言われるのは辛いなあって思っただけです」

「辛いことをやり遂げることが、あなたの仕事じゃないの？　姫花さんが帰ったのは、どんなことでも対応できるだろうと、あなたを信用したからでしょう？」

「気分を害したみたいなので謝ります。ごめんなさい、すみませんでした」

「わかればいいのよ。で、部屋、行くの？」

美希の声音《こわね》がいくらか落ち着いた。言うだけ言ったら気が済んだのだ。

ふたりでエレベーターに乗った。二十五階のボタンを押した。

狭い空間は沈黙に包まれた。

岸谷は頭ごなしに怒られたことで気持が萎えていたから、自分から話す気にならなかった。まだまだ心は弱い。

そもそも美希には、場を和やかにしようという気がなかった。それどころか、険悪な雰囲気をつくろうとしているかのようだった。

「拙《つたな》いでしょうけど、ぼくなりに精一杯務めさせてもらいますので、美希さん、楽しんでください」

「こんな微妙な雰囲気のままだったら、とてもじゃないけど、楽しむなんて無理。三十分が限度だわ」

「そう言わずに、機嫌を直してください。ぼく、頑張りますから」

岸谷が下手に出ると、美希は満足した顔で大きくうなずいた。

「素直にそう言えばいいのよ。わかった？　自分の感情を抑えられないのなら、この仕事、やめたほうがいいわ」

「確かにそうですね。姫花さんのお友だちだということに甘えていたようです。自分の立場をすっかり忘れていました」

岸谷は少し後悔し、反省した。

男に虐げられることで快感を得る女性もいれば、男を見下し罵倒《ばとう》することで満足する女性もいるということだ。

部屋に入った。ジュニアスイート。ベッドルームとテレビやソファを置いた部屋が分かれていて広い。

岸谷はどうしていいのかわからなかったが、冷静を装って冷蔵庫からビールを取り出した。これまでは姫花が必ずそばにいたし、彼女が指示してくれたので、自分から何かをしようと考える必要がなかった。

緊張する。この仕事を始めてから、女性とふたりきりになるのは今夜が初めてだ。指示されるまで何もしないというのでは能がない。グラスにビールを注ぐと、ソファに座った美希に、中腰になって手渡した。美希はめざとかった。文句をつけるために、粗を探していたのだ。

「あなた、おかしいんじゃない？　座っているわたしにモノを渡す時、少なくとも、同じ目の高さになるまで腰を落とすべきでしょう。偉そうに、何なの。不愉快だわ」

岸谷は素直に謝った。涙がわずかに滲んだ。美希の指摘はもっともなことだが辛かった。美希の罵倒は本気だった。手加減などない。泣こうが心が折れようがかまわないのだ。上司に怒られるのとはワケが違う。受け流すことができず、受け止めるしかなかった。結果的に、精神的に追い詰められ、辛い気持が憎悪を生んだ。

「些細なしぐさから、心根が見えてしまうの。あなた、男のほうが女よりも偉いと思っているでしょう。だから、そんな手渡し方ができるんだわ」

「ぼくの不注意でした。でも、まったく何も考えていなかったワケでもないんです。膝を床につけて渡す方法がチラッと浮かんだんですが止めました。ホストみたいだと思ったんです。慇懃な態度のほうが、美希さんに失礼かなと思って……」

「本当に考えていたのかな。後付けの言い訳じゃない？」

美希は蔑《さげす》むような目をして吐き捨てるように言い、ビールを美味しそうに飲んだ。

岸谷は片膝をついて待った。あなたも飲みなさいよと言ってくれるのを。ところが、美希はビールを飲み干すと、おかわりを求めた。

冷蔵庫まで小走りにいってビール缶を取り出した。残りはあと一本。なくなったら、買ってこいと命じられるだろうと覚悟して、彼女の元に戻った。

何だろう、この味気なさは。グラスにビールを注ぎながら、こんな調子が朝までつづいたら、さすがに苦しいと思う。

大げさな言い方をすると、心がひからびていくようなのだ。我慢できるとはいえ、この味気なさは苦しい。

心がつながった関係ならば、こうした味気ない苦しみは感じないはずだ。つまりこれは、契約でつながった関係だからこそ生まれているのだ。それでも、どうにかできないだろうか。少しでもいいから、心を通い合わせたい。

「ぼくもいただいていいでしょうか」

「好きにしていいわ。飲んじゃいけないなんて言ってないわよ」

「それでは、遠慮なく」

「飲みたかったの？」

岸谷がうなずくと、落ち着いたかに見えた美希が、頬を紅潮させてぎろりと睨んだ。

「わたしの顔色をうかがって遠慮していたのね。安っぽいサービスだなあ。はっきり言って最低。自分を犠牲にして、相手を気持よくさせようっていうのは本当のホスピタリティではないはずよ」

「そのとおりだと思いますけど、何がお好みかわからないうちは、やっぱり、遠慮がちになってしまいます」

「その言い訳、何か変……。わかる？　あなたの場合、はっきり言って、心を感じないからよ。表面的にうまくいけばいいっていうだけ。憎しみが相手にすぐに伝わるのと同じように、心を込めているかいないかも、すぐに伝わるのよ」

岸谷は思い切って、美希の横に座った。そこまで言われたのだから、我慢していることはないと腹をくくった。金銭によって結ばれた関係と思うからこそ卑屈になってしまうのだから、お金のことを無視することにした。相手が怒ってお金を返せと文句を言い出したら返せばいい。

姫花に誘われてはじめたこの仕事は、楽しいからこそやれるのだ。嫌々ながらやる仕事ではない。そんなものは、昼の仕事だけで十分だ。

美希の肩に触れた。

彼女は何も言わずに、グラスを口元に運んでいる。

いい匂いがする。ほどよい甘さが心地いい気分にさせる香水だ。胸の奥がとろけそうな芳《かぐわ》しさだ。ロビーで姫花に引き合わされた時に気づいてもよさそうなのに、あの時はまったく気に止まらなかった。冷静な観察ができなくなるくらいに緊張していたと思い知らされた。

彼女の耳元で囁いた。

「好きにしていいって言ってくれたので、ぼく、美希さんを心から好きになることにしました」

「おかしなことを言わないでよ。わたしが言った『好きにしていい』というのは、愛撫の意味ってことくらい、わかったでしょう？」

「好きになることは、ふたりにとってなによりも大切な心の愛撫ではないですか」

「かっこつけちゃって、笑えるわ……」

「いいですよ、笑っても」

「あなたは、会う人ごとに詐欺師みたいな甘い言葉を囁いているの？　そんな軽い言葉を信用する女なんているはずないわ」

「信用するかどうかよりも、会っている時くらいは互いに信頼しあって、好きでいる気持が大事だと思います。気持が通い合わないと、味気ないですから」

「わたしに説教するつもり？」

岸谷は笑顔で首を横に振った。単なる車の営業マンであって、他人様《ひとさま》に教訓を与えられるような人物ではない。

ただ、美希がかわいそうだという気持は芽生えていた。

三十代半ばの女が風俗で働くというのは、年齢的に厳しいはずだ。毎年何人も、自分よりも若くてスタイルのいい女が入店してくる。指名が減り、収入も下がる。将来への不安は尽きないし、現実と夢とのギャップにも苦しめられるだろう。そうしたことが絡み合ってストレスが生まれていることは容易に想像がつく。男を罵倒する理由はそこにあると思う。過大なストレスに心がくじけないようにするためなのだ。

首筋にくちびるをつけて、耳たぶに向かって舌を滑らせた。香水の匂いが茶色の長い髪の中からも湧き上がってくる。普段の生活では絶対に嗅ぐことのない、男の性欲を刺激してくる匂いだ。

キスはしない。求めてくるまで、自分からは求めないように心がけている。これは相手の個人的なことは自分からは訊かないことに似ている。身の上話を話しだしたら聞くし、キスを求めてきたら応える。それが務めとわきまえている。

耳たぶを軽く噛んでは舐める。髪の生え際に沿って舌を這わせる。ブラウスの上から乳房に手をあてがい、彼女の様子をうかがいながらやさしく揉む。

嫌がる様子はない。そうかといって、気持よさそうにしているわけではない。快感を我慢しているのでもない。強いて言うなら、何も感じていないようだった。

不感症を疑った。マゾを売りにしているうちに、快感も単なる刺激になってしまったのかもしれない。風俗で働く女性たちが陥りがちな職業病だ。

岸谷にも同じ傾向が出ていた。

最近、女性に対する渇望感が薄れていた。姫花からの仕事を受けさえすれば、必ず、女性と深い関係になれるからだ。必ず餌がもらえる動物園の猿みたいなものだ。

これまでは、自分から積極的に行動をおこさない限り、出会いがなかった。だから数少ない出会いがあれば、逃さないという迫力があった。渇望感の強さは、間違いなく、性欲の強さにつながっていた。

「美希さん、いい匂いです」

岸谷は囁きながらブラウスのボタンをゆっくりと外す。彼女は脱がされることを受け入れている。

黒地に白とゴールドのレースをあしらったブラジャーをつけていた。白い肌が輝きを放っていた。

彼女は、エロティックな下着が女性の神秘性を強めるということを理解しているのだ。男はそうした神秘性を、金と時間をかけて求め、酔いしれる。

ブラジャーを外さずに、乳房の谷間に顔を埋める。一目で高価だとわかる、このブラジャーをすぐに外してしまうのは惜しい。ブラジャーの価値は、生身の女性が着けていてこそ生まれるのであって、外したら神秘性とともに消えてしまう。

頰にブラジャーのレースが触れる。ざらついていて、布地が重なってつくられていることを感じさせるが、それでも神秘性を失うことはない。

谷間の入り口にうっすらと縄の跡があった。ちょっと見ではわからなかったが、胸元を横断している凹みをくちびるが感じとった。

縄の跡に気づいても、性的な興奮にはつながらない。彼女の仕事と性癖とは別だと承知しているからだ。岸谷は姫花と仕事をするようになって、風俗の仕事が自分の元来の性癖とは関係ないということを理解できるようになっていた。

美希は目を閉じて口を薄く開いている。腰をわずかに上下させると、高ぶりからはかけ離れた冷静な声をあげた。

「焦らすのにも限度ってものがあるの。安っぽいテクニックを使われると、興ざめしちゃうから止めてほしいんだけどな」

「テクニックなんて言われるのは、ちょっと心外です。味わっているんです。美希さんのブラジャーを」

「下着フェチだったの？」

「フェチと言えるほどのめり込んではいませんけど、好きです、女性の下着は」

「ふふっ、ヘンタイ。あなたってやっぱり普通ではなかったわね。ロビーで初めて見た瞬間、この人はヘンタイの素質が十分あると感じたわ」

「本物のフェチと比べたら、ぼくの執着心なんて可愛いものです。集めたりしていないし、もちろん、着けたりもね」

「着けたければ着ければいいじゃない。いるわよ、わたしのお客さんには。スーツの下にスケスケのショーツを穿いてたり、ワイシャツの下に、ブラジャーを着けてたりするんだけど、わざわざ、わたしに見せて恥ずかしがるのよ」

岸谷は美希が言い終わるのを待って、スカートを下ろした。

ブラジャーと同じデザインのショーツだ。

不思議なことに、ブラジャーほどには神秘性は感じない。割れ目の神秘性に心が奪われてしまうから、ショーツに気持が向かないのだ。

顔を陰部に寄せた。

ショーツの黒い地色に舌をつける。鼻先を白いレースが掠める。うっすらと洗剤と日光の匂いを感じるその奥に、うるみの生々しい甘い匂いを嗅ぎ取った。

舌を伸ばし唾液を塗りつける。染みのようになって黒い地色が変わる。脱がしたい衝動を抑えて、ショーツの上から丹念に舐めつづける。安っぽい愛撫とこきおろされようが、焦らせば女性は興奮するのだ。

「ううっ……」

美希がソファの背もたれに寄りかかる。太もものつけ根のあたりが、痙攣をおこしたように大きく震える。

快感に酔っている時の女性というのは、妖艶でありながらも可愛らしいものだ。サドもマゾもない。老若も経験の多寡も関係ない。とにかく魅力的だ。男の性欲を掻き立てられ、男らしい勃起を知らしめたくなったが、岸谷は分をわきまえて我慢する。

太ももの内側を舐める。

ヒクヒクッと震える。やわらかくてしなやかだ。筋肉がしっかりとついていて、鍛えているのがうかがえる。日々の生活に満足しているかどうかは別として、きちんとした生活を送っているのはわかる。

膝頭にも唾液を塗りつけた。肌が乾いているのは、マゾの仕事で正座していることが多いからだろうか。

岸谷はソファからお尻を滑り落として、ふくらはぎから足の甲にかけて舌を滑らせた。

彼女の足を両手でもった。十五センチはありそうな高いヒールの部分にくちびるをつけた。すんなりとやっているけれど、内心はビクビクしていた。靴を舐めるなんて初めての経験だ。

皮革の匂いが鼻をつく。こんなことをしても楽しくないしゾクゾクもしない。それでもつづけるのは、彼女が実はサディスティックな性癖だと姫花が言っていたからだ。ハイヒールを脱がした。ペディキュアも真っ赤だった。足の親指を舐めると、美希が口を開いた。

「ヘンタイだなあ、あなたって。どうしてハイヒールや臭い足を舐められるのかな。ずっと履いていたのよ」

「無臭ではなかったですね。正直、好ましい匂いというレベルではないんですけれど、嫌ではないから不思議です。美希さんに初めて近づけた気がしました」

「臭い仲だっていうこと？　使い古されてるテクニックよ」

足の親指を口にふくんだ。

爪のほうは冷たくて、指の腹のほうは温かい。ペディキュアについては匂いも味もしない。手の指を口にふくんだ感覚とは違って、背徳感が強い。自分が貶められた気にもなってくる。

岸谷は気づいた。これは舐めている者が快感を味わうための愛撫だ、と。

「壁のほうを向いて、ソファに膝立ちしてくれますか」

「せわしない人だなあ。もう少し、腰を落ち着けてじっくりと舐められないかな」

美希は拒んでいるのではない。文句をつけないと気が済まないのだ。

常識人であれば、そんな性格は直すか、出さないように努めるものだが、美希は自由人だった。こんな性格でマゾの役をつづけるのは厳しいだろう。その結果が、罵倒するというストレス発散につながっているのかもしれない。

「後ろから見られるのって、恥ずかしいものね」

「仕事ではされないんですか？」

「後ろ姿をじっくりと眺めているだけの人なんていないわ」

後ろから眺める下着だけの美希は下品でいやらしかった。

太ももは細いけれど、お尻はむっちりしていて大きい。極端に痩せているわけではないのに、ウエストは見事にくびれている。

背中には斜めに走る鞭の跡がうっすらと残っていた。岸谷はその跡に沿って指をゆっくりと這わせた。

「背中の鞭の跡に触れているのがわかりますか」

「わかるわ、少しヒリヒリするから……。止めてくれないかな。そんなところを触られても気持よくないんだけど」

「舐めてもいいですか」

美希の返事はなかった。舐めていいという意味だと理解して、岸谷は彼女の背中にくちびるをつけた。

白い背中がうねった。

うなじから腰にかけて、触れるかどうかの微妙なタッチでくちびるを下ろす。背骨に沿った凹みのすべてが彼女の性感帯なのだ。ひくひくっと背中が波打つ。控えめだった吐息が少しずつ大きくなり、背中の白い肌がほんのりと赤みを帯びていく。それを乱れた茶色の髪が隠す。

ショーツごとお尻を揉む。弾力は十分だ。指に力を入れないと、弾力に負けてしまう。マゾという仕事で体が自然と鍛えられるのかもしれない。

お尻の谷間にくちびるをつけた。背中の時よりも強い痙攣がおきた。すぐにはおさまらずに、左右の尻たぶが細かく震えつづけていた。

感じやすい体だ。不感症を疑ったが、間違いだった。

「美希さん、感じやすいんですね」

「マゾなんていう仕事をしていると、性感帯が開発されちゃうのよ。ほんと、いい迷惑。ちょっと触られただけでも、大洪水なんだから」

「うれしいものです、男にとっては」

「その感想は、男たちが必ず言うけど、わたしの身にもなってみてよ。いつも発情しているみたいなものなんだから」

岸谷の愛撫に熱がこもった。大洪水にさせてストレスを解放させてやろうじゃないか、と。彼女との心の距離が近づいた気がして、愛撫が親身になった。

ショーツの上からくちびるをつける。割れ目に向かう寸前で止めて、唾液を染みこませる。そうしながら、陰阜に指を這わせる。そこは平たくて、わずかな陰毛しかなかった。

「陰毛はあるんですね。最近の流行は、すっかり剃《そ》ることだって、姫花さんから聞きましたけど」

「剃っては生やし、剃っては生やしの繰り返しかな。剃るのが好きな人もいるから。だけど、不思議だなあ。ヘアを剃ることが、陵辱だと考えるなんて……」

「男はそこに幻想を抱くんです」

「男の単純さは可愛いんだけど、わたしには辛いなあ。肌が荒れて大変なんだから。それに、生えてくる時って、すごく痒いの」

「今は大丈夫ですか？」

「そうでもないかな。痒いのは、舐めてもらうと少しおさまるの。あなた、知ってた？」

岸谷は両手でショーツを脱がした。彼女の言葉の意味を、舐めてほしいという要求だと理解した。

美希を仰向けにした。

ソファから右足がはみ出ている。狭いから仕方ないのだけれど、淫らな感じがしていい。ベッドでは味わえない、ソファならではの妖しい姿態だ。

縦長の陰毛は幅が三センチほどしかなかった。しかも短く刈り込んでいた。これではショーツがこんもりと盛り上がらないはずだ。

「剃毛《ていもう》好きっているんですね」

「男の人の幻想って面白いなあって思うわ。ツルツルになった姿でしおらしくしていると、大喜びするんだから。わたしに言わせれば、ヘアを剃ったからって服従したという印にはならないわ」

「服従というよりも、剃ることで、SとMの関係になったという幻想の世界を実感できるからうれしいんだと思います」

「あなたも剃りたい？」

岸谷は首を横に振った。剃ることに興味はなかった。

ただ、自分のつきあう女性には陰毛も手入れしてほしいと思う。眉毛を手入れするのと同じ感覚でいてほしい。脇毛の処理はして、陰毛の処理をしないのはおかしい。恥ずかしいところだから、何もしないという思考も変だと思う。

割れ目に息を吹きかけた。すると、肉襞がぱっくりと開いた。赤く熟れた粘膜が艶やかに輝いた。うるみが見る間に広がった。

口を寄せた。クリトリスはすぐに見つかった。これも陰毛が少ないおかげだ。

「ううっ、気持いい……」

「クリトリスが気持いいのって、SもMも関係ないですね。だからぼくはクリトリスって、すべての性癖に平等に快感を与える平和的な存在だと思うんです」

「可笑しなことを言うわね。つまり、クリトリスは平和の使者ということ?」

岸谷は答えずに、クリトリスを吸った。本当に平和の使者かもしれない。ここに直に触れている時、心は平穏だ。

しばらく舐めていよう。

3

五分が過ぎた。

ベッドの脇のサイドテーブルに付いているデジタル時計で確認したから正確だ。

岸谷は愛撫をつづける。舌もくちびるもまだ疲れていない。美希も止めてほしいという素振りは見せていない。

二十分経った。

美希の呻き声が掠れはじめた。

クリトリスを舐めつづけている岸谷だけが疲れているのではない。呻き声をあげつづける美希も体力が奪われている。岸谷は口を離すと、冷蔵庫からミネラルウォーターを取り出して彼女に手渡した。

「ありがとう。あなた、気が利くわね。ちょうど飲みたかったの」

膝立ちして美味しそうに飲む。それにしても、全裸の女性が陰部を隠さずにグラスに口をつけている姿は驚くほど猥雑だ。

これは男の感覚だ。女性にとっては全裸でいることも水を飲むことも日常かもしれないが、男にとっては非日常である。そこに猥雑さを感じ、性欲が刺激される。

「ちょっとあなた、ジロジロ見ないでよ。恥ずかしいじゃない」

美希は相変わらず攻撃的だ。

怒りや不満をぶちまけることが、彼女の癒《い》やしになるのだ。岸谷はそれをもう理解したから、彼女の文句を笑顔で受け流す。

「恥ずかしがる美希さんって、可愛いですね。別の顔を垣間見た気がします」

「それってお世辞のつもり？　だとしたら、あまりにも下手くそ。見ないでって言っているんだから、見なければいいの」

「心も体も気持よくなってほしいんです」

「バカな男。お世辞だとわかることを言われて、わたしが本当に気分よくなるとでも思っているの？」

「少なくとも、気分が悪くなることはないと思いますが……。こういう考え、よくないでしょうか」

「つまらない男と議論するなんて不毛だわ。とにかく、話はもういいから舐めて」

美希はソファに仰向けになって、足を惜しげもなく広げた。

割れ目から滲んだうるみが光っている。その輝きが男の欲望を刺激することを、彼女は知っている。そして欲望が強ければ強いほど、男の愛撫が丁寧で丹念になることも知っている。だから、男が与える快楽を楽しみに待つし、そんなことをする男の単純さを心の片隅で蔑んでもいる。

蔑んで心が癒やされるなら、喜んで蔑まれよう。

岸谷は美希の複雑な心の裡《うち》を受け入れていた。だからこそ、意識的に犬のように四つん這いになって、割れ目に顔を寄せるのだ。

犬が水をすくって飲むように、割れ目のうるみを舐める。クチュッ、クチュッ。粘っこい音が響くたびに、割れ目の左右の襞がゆっくりと開いていく。

クリトリスが姿を現した。

割れ目の下端から上端にかけて、ゆっくりと舐め上げる。クリトリスを圧迫した後、今度は舌を上から下に下ろす。襞をえぐるようにして、内側からも刺激を加える。

「あなたって可愛らしい人ね。姫花がちょっとうらやましくなってきたな」

「姫花さんはビジネスパートナーです。彼女のことは後で話しましょうよ。ぼくは今、美希さんに夢中になっていたいんです」

「夢中になれる？　数時間前に出会ったばかりなのに、ほんとにそんなことができる？　本気にはできないわ」

「疑り深いんですね。ぼくの今の言葉は真実です」

「真実なんて言葉、久しぶりに男の口から聞いたわ。姫花はあなたのことを、『今時珍しい素直な男だ』って言っていたけど、ほんとに信用できるのかな」

「信用してくれたら、もっともっと気持よくなれるはずです」

「だったら、今夜だけは信じてみるわ」

美希の頬が赤く染まった。はにかんでわずかにうつむいた。

純朴な少女の恥じらいに見えて、これも彼女の真実の姿だと思った。金をもらって男を喜ばせるだけが彼女の真実ではない。

自分がやるのはこれだ。

岸谷は自分の目指すべきものが見えたと実感した。

お金と引き替えに性欲を満足させるだけでは虚しいが、心まで満足させられたら胸を張って立派な仕事であると信じられる。

「ぼくは美希さんを裏切ったりしません。これはぼくの心からの言葉です」

「軽々に言うことではないと思うけど？　足をすくわれちゃうわよ」

「いないですよ、ぼくにそんなことをする暇人。何も得しないですよ」

「あなたの言葉がすべて真実だったら、姫花がうらやましいわ」

「ぼくはもう、美希さんと親しい関係になっていると思っています。こんな出会い方があってもいいと思いませんか？」

「ないわ、絶対に。そんなバカなことをしていたら、いつか、心が壊れるわ」

「壊れませんよ、ぼくは。もし、これが虚しい仕事だったらその危険性はあるでしょうけれど、有意義だと信じていますから」

「あなたのこと、本気で好きになっちゃいそうで恐いな」

「ベッドに行きましょうか」

岸谷は立ち上がって、美希の手を握ってベッドに入った。

乳房は仰向けになっても横にわずかに流れるだけだ。夜の風俗の仕事をしているというのに、肌の張りを失っていない。

「わたし、ちょっと恥ずかしいんだけど……。あなたにわかるかな、この気持」

美希は頰を桜色に染め、目を潤ませていた。

彼女は可憐だ。体を武器に働いているからといって、純粋さは失っていない。

「わかりません、何ですか」

「十年とか十五年前の自分に戻っているみたいだから。信じられないでしょうけど、その頃のわたしは、男を知らないウブな女の子だったの」

「今だって、その頃の気持は変わっていないと思います。裸で触れ合えば、わかりますよ、それくらい」

「やっぱり、ちょっと恥ずかしいな。秘密にしている部分を覗かれているみたいで」

「ぼくはどんなことでも受け止める覚悟ですから、恥ずかしがらないで……」

美希の肌がいっきに熱くなった。岸谷の言葉が、彼女本来の純粋な心を感動させたのか、女の性欲を高ぶらせたのか。

乳房を舐める。ソファでの愛撫よりも時間をかける。乳首を口にふくみ、舌先で転がす。強く吸ったら離し、乳輪を舌でなぞった後、乳首を弱く吸う。

彼女をうつ伏せにして、うなじを舐める。

背中の性感帯は敏感だ。

小さな呻き声が洩れた後、深いため息がつづく。足先を上げたり下ろしたりする。彼女の体も純粋さを失っていなかった。体を動かしたり、呻いたりしていないと、体の芯を駆け抜ける強い快感を受け止めきれない。

背骨の凹みの底に沿ってくちびるを這わせる。腰まで下りると、うなじまで戻る。それを二度三度と繰り返した後、背中側から腋の下を舐める。それも、彼女にとって強烈な快感となって体中に広がる。

「すごく丁寧だけど、まさか、舐めるのが好きなわけじゃないわよね？」

美希は枕に顔をつけたまま、けだるそうなくぐもった声をあげる。快楽がもたらす心地よい疲労に包まれているのだ。それが岸谷の励みにも満足にもなり、よりいっそう丹念な舌遣いにつながる。

「ランナーズハイって知っていますか？　走っているうちに高揚していつまでも走れそうになる精神状態のことを言うんですけど、今ぼくも同じような感覚です。舌もくちびるも疲れているのに、このままずっと舐めていられそうです」

「うれしいことを言ってくれるなあ。おざなりじゃない、本気の愛撫なんて、本当に久しぶり」

「マゾのお客さんは本気で舐めるでしょう？」

「そんなことするはずないって。射精の快感を得るために、お金を払っているのよ。お客のほとんどは舐めてくれるけど、あなたみたいに本気の人はいないわ」

「ぼくは本気ですからね」

「ええ、わかるわ」

美希はうつ伏せになったまま、恥ずかしそうに答えて、愛撫をねだって腰を振った。背中を染める桜色が赤黒く変わっている。陰部から湧き上がる生々しい匂いが、お尻のほうにまで広がっている。

ウエストからお尻のなだらかな丘にかけて舐める。そこはほかの部分の肌よりもひんやりしている。背中よりも感度は低いのか、反応は小さい。

お尻のふたつの丘がつくる深い谷間に顔を寄せる。

ほかと比べて感度が鈍いとはいえ、むっちりとした丘は、時折、ひくひくっと痙攣したように震える。背中の赤みがお尻から太ももの裏側にまで広がっていく。

お尻の中心を舐めた。腰が一瞬、上がった。

丘に舌を這わせている時にはなかった鋭い反応だった。美希はためらう素振りも見せなければ拒みもしない。美希にとってアヌスが敏感な性感帯なのだ。

アヌスと割れ目との境目に移る。

顔をぐいっと強く押しつけないと、舌がそこまで届かない。張りのあるお尻は谷が深い。

「お尻の中心、気持がいいんですね。舐めていると、わかりますよ」

「あなたはイヤじゃない？」

「嫌いな人だったらイヤだと思うでしょうけど、美希さんが好きだから、たぶん、どんなことでもできると思います」

「本当に信じていいものかどうか。風俗で働いている子って、甘い言葉に騙されることが多いの。わたし、そんなマヌケになりたくないわ」

「人聞きの悪いことを言わないでください。ぼくは幸せを運ぶことはあっても、不幸をつくりだしたりしません。この仕事で出会う人には、わずかでも幸せを感じてほしいんです」

「ほおっ、すごい、すごい」

美希はうつ伏せになりながら、軽蔑の意味を込めた拍手をした。

「あなたは、わたしが不幸だと言いたいの？　あなたの目には、わたしが不幸せを背負った悲しい女に見えているの？　偉そうね」

岸谷は黙って舌先をお尻に戻した。

不幸せだと感じている時ほど、不幸せという言葉に敏感に反応するものだ。幸せな人ならばそんな言葉は聞き流す。これは、幸せに暮らしている上流の世界の人たちを目の当たりにしたことで得られた教訓だ。

踵《かかと》と足の裏にも舌を這わせる。あざといかもしれないが、汚いと思っているところを丁寧に舐めることで、相手との心の距離が縮まっていく。気持よさに、男の思いやりが混じり、快楽が増幅するのだ。

足の指を一本ずつ口にふくむ。汚いところという感覚はない。塩っぱさがほどよいエッセンスになっている。

「足がふやけそう。本当に長い時間舐めていられるのね」

「眠くなったら、このまま寝てもかまいません。美希さんの好きなようにしてください。

それがぼくの充実と満足につながるんです」

「その言葉、今なら信じられるかな。だけど、心配しないで。眠くなんかならない。こんなに楽しいんだもの、寝るなんてもったいない」

美希はそう言っているうちから、軽い寝息をたてはじめた。午前二時をゆうに過ぎている。眠くなるのも仕方がない。

掛け布団をかけた。美希は熟睡に入ったらしく、目を覚ます様子はない。

岸谷は布団に潜り込んだ。

一緒に寝るのではない。

寝てしまった彼女を気持よくさせるための愛撫だ。夢か現《うつつ》かわからない時の快楽は、身も心もとろけさせるはずだ。

足を開かせる。脱力していて重いが、目を覚まさないように慎重に扱う。

寝息が安らかだ。信頼しているからこその深い眠りだ。肌の張りは、起きている時と比べるといくらか緩んでいる。特に下腹に太い皺が現れている。だけどこれがいい。熟しきったエロスが垣間見える。新しい発見だ。

無警戒な割れ目に顔を寄せる。

ひと舐めした。

クリトリスは見る間に硬く尖った。

小さな呻き声があがるが、美希は眠っている。寝たフリをしているワケでないのは、下腹の張りで察しがつく。

クリトリスを口にふくんで、舌先で転がすように舐める。こうなると、起きてもかまわないと思いながらの愛撫だ。

肉襞を吸い取るように口に入れながら、尖ったクリトリスを舌で弾く。左手で乳首を圧迫する。右手で腰骨から太ももにかけてやさしく撫でる。

「うっ、うっ、うっ」

美希の下腹が張り詰めた。

目を覚ました。

しかし、彼女は瞼を閉じたままだった。この意外な愛撫を楽しもうというのだ。

岸谷は口と両手を使う苦しい体勢を変えずに愛撫をつづける。間断なく快楽を与えつづける。三分ほどして、

「あっ、何これ」

美希が声をあげた。

今目覚めたと言わんばかりの驚きようだった。

「寝ている間に、少しだけ、気持よくなるイタズラをさせてもらいました。寝ていても、

「ううっ……」

女性の体は反応するものですね」

「わたしをオモチャにしたってこと？」

言葉はきつかったが、美希は少しぼんやりしていた。意識がはっきりしてくると、純朴で可愛らしかった顔に、緊張感と攻撃的な気配が漂った。

「寝ている間も快楽に浸ってもらおうと思ったんです。セックスの快楽は脳で理解していると言われていますけど、体そのもので感じてほしかったんです」

「モノは言いようね」

「ほら、こんなに濡れています」

割れ目の底のうるみをすくい取るようにして指を動かした。

彼女の目がギラギラッと輝く。性欲や好奇心を刺激したのだ。

「わたしもしゃぶりたくなっちゃった。女って、心の隙間と体の空間を満たさないと満足できない生き物なのよね」

美希は陰茎を摑むと、深々とくわえ込んで、いったん放した。

「見た目よりも、大きい……。もうこれ以上奥までは入れられない……」

「こういう出会いもあるんですね。今ぼくの心には一期一会という言葉が浮かんでいて、心に染み込んでいます」

「大げさなことを言わないほうがいいわ。せっかくの言葉が軽くなる」

「美希さんの中に入ってもいいですか」

「ごめんね、挿入はあんまり好きではないの」

岸谷は首を横に振って真意を話した。

「種明かしするようでイヤなんですけど、美希さんには包み隠さず言います。女性は求められることで喜びを得るものだと、姫花さんから教えられています。イヤなことだとしても、求められればうれしくなるそうです。だから、美希さんが挿入を嫌いだとしても、言葉にして求めたんです」

「聞かなければよかったな。しらけた」

「すみません。心を許しすぎました」

「そういう言い方はひどいな。それなら、やってみようか」

美希は仰向けのままで足を広げて迎え入れる体勢をとった。

剝き出しの割れ目はうるみが滲んで光っている。襞は充血して、赤黒くなっている。うるみは見る間に白っぽく濁ってベッドに垂れ落ちる。

陰茎を割れ目にあてがう。

襞がぶるぶるっと震える。張りと弾力がある。

外側の襞を見ただけで、内側が窮屈《きゅうくつ》なのが見て取れる。襞が緩んでいる人は、内側も緩くて締まりがないことが多い。

ゆっくりと体重をかけて挿入する。割れ目が狭い女性は、このタイミングで焦っていきなり突き込むとイヤがる。

焦りは禁物だ。ぐいっといっきに挿入して男の逞しさを見せつけたくなるが我慢する。うるみが潤滑剤になるまでじっくりと待つ。そのうちに、女性のほうが我慢できずに求めてくる。

「どうして入り口で止まっているの？　焦らされたら喜ぶと思っているとしたら大間違いよ。さっさと済ませてくれたほうが、わたしは助かるんだから」

「もっと情緒を味わいたくないですか」

「べつに……。わたし、挿入を必要としていないからね。これって、快楽がないんだもの。男にとっては快楽でしょうけどね」

あけすけな言い方もあって、せっかく生まれていたしっぽりとした雰囲気は消えた。残念だけれど仕方ない。

岸谷はゆっくりと挿入する。

やはり窮屈だ。弾力に満ちた襞が、奥のほうから押し返してくる。美希は眉間に皺をつくって苦悶に満ちた表情を浮かべる。くちびるを噛んで苦痛を我慢している顔になる。

「ひとつ訊きたいんだけど……」

「今このタイミングで？」

陰茎の先端を入れたところだ。

「お金を倍払ったら、倍の気持よさが味わえるのかなってちらっと思っただけ。しらけるわね」

「お金の多寡ではないんです、今夜のことは。美希さんはわかっていて、わざと露悪的なことを言っているんですよね」

心にゆとりと豊かさがある人ならば、お金のことをこのタイミングでは絶対に言わない。絶対だ。それなのにわざわざ嫌がられることを言うのは、自分がここにいると認めてほしいのか、存在証明を得たいのかのどちらかだ。

陰茎は中ほどまで埋まった。あと少しだ。

美希の表情は変わらない。目の輝きが冷静さを保っている。

「あなたにとって、お客って何？」

「こうやって出会う、すべての人です。この後、大切な人になるかもしれないでしょう？生活費を稼ぐために会っていると思ったら、心はすり切れてしまうはずです」

「わたしの今が、そうなっているのかも」

「一度でいいから、ぼくみたいに考えて接客してみたらどうですか。新鮮な風が吹き込まれると思います。心を消耗品のように使っていたら破綻しますよ」

「ありがとう、よくわかったわ。姫花があなたに会わせたいと言った意味が、よくわかった。彼女に感謝しないと」

「深く入れてもいいですか？」

「いいわよ。久しぶりに、セックスを楽しんでみたくなったかな」

「今、目がいやらしく輝きました」

「わたしの目、死んでた？」

「何も感じない目をしていました。だけど今は、生きています」

岸谷は体重をかけて深い挿入を果たした。

苦悶の表情は消え、きつく結んでいたくちびるは半開きになった。うるみが溢れて、ベッドを濡らしている。

「ああぁっ、すごい……」

「今のその喘ぎ声、演技ではないですね」

美希の初めての喘ぎ声は、快感を心から味わっている響きがあった。声に彩りが生まれていた。

こういう出会いがあるのか。

つくづく面白い仕事だと思った。

こんな経験ができるのは、この仕事に誘ってくれた姫花のおかげだ。姫花に感謝しないといけないのは、美希ではない。自分だ。

第六章　秘密の行方

1

岸谷は姫花の六本木の店サロン・ド・ノワールにいる。

川口所長とふたりだ。テーブルにはマゾ嬢のナオミがついている。姫花は六人の団体客を見送りに店を出たばかりだ。

火曜日の夜、十一時半。

ナオミはアルバイトなので、姫花の秘密の副業について気づいていない。岸谷が関わっていることも知らないので、気楽なことを言う。

「店はそれほど忙しくないのに、ママはいつも忙しそう。アフターに誘われても、行ったことがないんじゃないかなあ。わたし、ママがほかで二店目を出そうと動いていると睨んでいるの」

「このご時世、待っていても客は来ないからなあ。客を呼ぶためにメールや手紙を送ったり、同伴したりと、ナオミの知らないところでママは忙しいんだよ」

所長は軽く受け流したが、岸谷はハッとなった。

今まで以上に、注意深くしないといけない。もちろん、これまでも遅刻も欠勤もしないように心がけていた。朝まで姫花と一緒にいても、眠くてやる気がおきなくても同僚に愚痴ったことはない。

姫花が戻ってきた。

ママが目当ての所長はうれしそうに笑顔をつくり、隣に座ってほしいという意味を込めてソファを軽く叩いた。

女王様を仕事にしているママが素直に従うわけがない。所長の向かい側に座り、意地の悪い眼差しを送った。

「最近、冷たいよなあ。アフターにつきあってくれないどころか、隣にも座ってくれなくなっちまった」

所長はいじけた口調で甘える。姫花はにっこりと微笑むだけで、所長の言いなりになって隣に座ったりしない。こうした冷たい対応が、マゾヒスティックな所長の喜ぶツボと心得ている。

「おれ、先週の夜、ママを見かけたんだよ。新宿のホテルのロビーで……。岸谷と似た若い男と派手な女も一緒だった。あれは岸谷だったのかな？」

「いつ？　最近、新宿に足を踏み入れたのって、何ヵ月も前だけど……」

ママは表情を変えることなくとぼけた。岸谷は動揺を隠そうとしてうつむいた。

所長が言っているのは、姫花に新宿のホテルで美希と引き合わされた時のことだ。あれは午前一時頃のことだった。岸谷と別れた後、そんな深夜に独身でもない所長がフラフラとひとりで出かけていたというのか？

「岸谷君、本当のことを教えてほしいな。夜中にママと会っていたんだろう？」

「そんなのは無理でしょう、普通に考えて。ぼくごときがママを誘うのは……。それに、所長を差し置いて抜け駆けなんかしませんって」

「信じられないな。あの時のふたりが他人の空似だったなんて」

所長はため息をつくと、それ以上の追及をしなかった。

ママが目配せしてきた。岸谷は後でママから連絡が入ると感じて、所長と飲むことに徹した。

店を午前零時前に所長とふたりで出ると、六本木の地下鉄のホームで別れた。所長を先に帰して店に残りたかったが、ホテルでの目撃談のことを考えて今夜は我慢した。

午前零時二十分。

岸谷は所長を見送って店に戻った。

ママとふたりきりだ。ナオミたちもすでに帰っている。人気《ひとけ》もなく静まりかえった店は、居心地のいいものではない。

「所長のことで、ぼくに目配せしましたよね。そうでしょう？」

「君はめざとい。わかってくれてよかった」

「びっくりしましたよ。まさかあの時、ロビーに所長がいたなんて……」

「あの場に本当にいたかどうかは怪しいんじゃないかな。鎌をかけてきたと、わたしは睨んでいるの。彼、わたしたちの関係を疑っている。営業所ではどう？」

「一切その手の話は出ません。所長は公私をきちんと分けられる人ですから」

「それなら、よかった。所長にどんなに詰問されても、無関係だということにしておきなさいね」

「ぼくは大丈夫ですけど、ママはどうなんですか？　ナオミさんに疑われていますよ。ママの疲れは、別の何かの仕事をしているんじゃないかって。ぼくたちが絶対にやるべきことは、すべてを秘密にすることだと思います」

「君に言われなくたって、わかっているわ」

姫花が言い終わると同時に、ドアがゆっくりと開いた。

クローズの看板は出していないが、こんな深夜に入ってくる客がいるとは思えなくて、岸谷は緊張した。

所長ではなかった。

男女ふたりだ。男は四十歳前後、女は三十代半ばくらいだろうか。店を間違えて酔客が入ってきたわけではない。姫花を見つけるなり、

「ああっ、ここでよかったんですね。店を間違えて入ってしまったらどうしようってドキドキでした」

と、女のほうが胸に手をあてながら言った。知人らしいので、岸谷は腰を浮かしたが、姫花に手で制された。

「岸谷君、帰らなくていいわ。君にも関係することだから、ここにいて」

岸谷の向かい側に男女は腰を下ろし、三人から少し離れて姫花が座った。

三人は自己紹介し、姫花が付け加える。

「リカコさんの仕事はIT系のエンジニア。派遣なので収入が不安定だってことで、わたしの仕事に参加している。隣に座っているのが、有村伸幸《ありむらのぶゆき》さん。旅行代理店にお勤め。三十九歳だったかしら。リカコさんの元恋人」

岸谷のことも手短に紹介した後、姫花は三人を見渡し、今夜この店に三人を集めたわけを話しはじめた。

「三人には、上流の方々のための仕事をしてもらっています……。これまでは個々に仕事をお願いしていましたが、わたしが加わって四人になれば、多彩な求めに応じられると思

って、今夜、みんなに集まってもらったんです」

岸谷は驚いて、有村とリカコの顔をじっくりと見た。

姫花がこの仕事のパートナーとして選んだのは、自分ひとりではなかったのか。驚きには落胆が混じっていた。

「ということは、ぼくがリカコさんとふたりで顧客を相手にすることもあり得るということですか？」

岸谷が訊くと、姫花はうなずきながら、

「いろいろなパターンが考えられるでしょうね。君とリカコさんの組み合わせも考えられるでしょうけど、君と有村さんとの男ふたりという可能性もあると思うわ」

ふたりの男たちは同時にのけぞった。男ふたりでひとりの女性を楽しませる姿を想像してみたが、ワクワクする感覚はない。できないこともないし、やらないとも言わないが、自分から積極的にやりたいとは思わない。

「もうひとつ、あなたたちにお願いがあります。お客様と雑談している時に知った、お客様の個人的なことをわたしに伝えてほしいの。好みを詳しく知れば、よりよいサービスが提供できるでしょう？」

「要するに、個人情報を集めるんですね」

「悪いことに使うことはないから安心してちょうだい。わたしにそんな度胸はありませんから……。先日リカコさんと話していた時、彼女がデータベースのプログラムの設計に携わっているって教えてくれたの。その時、思いついたの。わたしも顧客をデータ化しようって」

姫花の思いつきに悪意があるとは思えなかった。岸谷は訊く。

「どういった情報を伝えればいいんですか？」

「何でもいいの。たとえば、お孫さんの誕生日のこととか、奥様にどんなプレゼントをしたかとか……。もちろん、セックスの嗜好についても」

岸谷がうなずくと、有村とリカコも素直に同意した。

「岸谷さんとふたりで、いろいろなことをする可能性があるわけね。よろしく」

彼女が握手を求めてきて、岸谷は気軽に応じた。有村の敵意とも憎悪ともつかない視線を感じたが無視した。

てのひらに異物を感じたが、気にする素振りをみせずに手を戻した。テーブルの下で見ると、ケータイの電話番号が記された紙片だった。

「ということで、みなさん、よろしく。今のところは決まった予定はないので、決まり次第連絡しますね。では、解散」

姫花は立ち上がり、空調のスイッチを止めた。四人は店で解散した。

岸谷はタクシーに乗るとすぐ、リカコに電話を入れた。話はとんとん拍子に進み、渋谷で会おうということになった。

午前一時を過ぎている。

この時間に開いている店は少ないのに、スクランブル交差点付近にも道玄坂にも文化村通りにも若者の姿は多い。

東急《とうきゅう》百貨店本店の前で待ち合わせて、近くの地下のバーに入った。リカコがときどきひとりで立ち寄るという店は、カウンターだけの落ち着いた雰囲気だ。

生ビールで乾杯して、改めて初対面の挨拶をした。

「岸谷さんと、これからうまくやっていけるといいなあって思って、有村さんに気づかれたくなくって、あんな古典的なやり方をしちゃった」

古典的なやり方とは、握手の時の紙片のやりとりのことだ。それがどんなに古典的だったとしても、岸谷にとっては初めての経験だった。まるで初恋の相手から電話番号を教えてもらったように、息苦しいほどのときめきを覚えた。タクシーで待ち合わせの場所に行く間に、リカコに淡い恋心のようなものさえ抱くようになっていた。つまり、古典的な手口の効果は絶大だった。

ふたりの肩が触れあう。客はほかに一組だけで、カウンターの端の窓際に座っている。マスターは彼らと話していて、岸谷たちを気にしていない。

リカコの手が暗がりの中で、岸谷の太ももに伸びた。

「いつから、姫花ママの仕事を手伝うようになったんですか？」

岸谷は太ももを撫でられながら訊く。

カウンターの下だから、マスターに見咎められることはない。客がこの暗がりの中、彼女の手に気づくこともないだろう。

「半年になるかしら。たまたま、新宿のホテルのラウンジで声をかけられたの。あの時のわたしは最悪だった。有村さんと別れた直後だったから……」

「姫花さんってすごいなあ。人を見分ける能力があるんですね」

「わたし、泣いていたの。姫花さん、見ず知らずのわたしを慰めようとしてくれたの。信じられないくらいやさしい人ね、姫花ママは」

彼女の手が太もものつけ根にまで這い上がった。ためらいはない。それどころか、時間を追うごとに大胆になり、今はズボンのファスナーをすっかり下ろして、指を窓から差し入れようとしている。

「リカコさんは大胆な人なんですね。姫花さんは目利きだ」

「こういうことができるようになったのは、ママのおかげなの。半年前までのわたしは、お堅くてつまらない女だった。セックスも義理でするようなものだったし」

「別れがきっかけで、変われたんですかね」

「変わろうという気持になったまさにその時、ママが背中を押してくれたの。わたしの人生で、これほどまでに素晴らしい成長はなかったわ」

彼女の指が、パンツの中にまで侵入してきた。

指先は興奮のために震えている。

陰茎はゆっくりと硬くなっていく。彼女の大胆さに、陰茎が刺激を受けている。岸谷は窓際の客に背を向けるようにして、股間を死角にする。

「あのふたりがいなかったら、わたし、しゃぶっちゃうんだけどなあ……」

彼女のうわずった小声に、陰茎が反応してヒクヒクッと上下する。窮屈な状況の中で、パンツから出された陰茎はそそり立つ。

窓際のカップルが席を立った。馴染みらしい。マスターと談笑しながらドアに向かって歩きだした。

リカコは素早く陰茎をズボンの中にしまった。

マスターは客を見送るために一緒に店を出た。ドアの向こう側で、階段を上がっていく足音が響いた。

チャンスだ。

リカコは素早く席を下り、ファスナーを引き下ろした。股間に手を這わせながら、陰茎をしまった時以上の速さで陰茎を引き出した。

「ああっ、硬い……。わたし、彼と別れてから、こんなに硬いおちんちんと巡り合ってこなかった」

「上流の人たちの欲望って下品で際限がないけど、体がついてこないことが多いですよね。だから、リカコさんも欲求不満になっちゃう。違いますか」

「そのとおり」

彼女はにっこりと微笑むと、陰茎のつけ根を摑んでいっきに口にふくんだ。豊かなお尻を振って誘う。目にも刺激を与えようとしているのがわかる。勃起はさらに強まり、痛いくらいに張り詰める。

「マスター、すぐに戻ってきますよ……。大丈夫かな」

「階段を下りる靴音が聞こえるはず。耳を澄ましていてくれると安心してしゃぶれるんだけど……」

「聞こえないかもしれないですよ」

「考え方を変えれば、目撃されるハプニングも楽しいかも」

彼女はもう一度陰茎をくわえこんだ。大胆な女性だ。半年前までは風俗とは無縁の会社員の女性だったとは……。

「いきたくなったら、いって。わたし、全部呑むから」

「うれしいけど、匂いがたちこめて、マスターに気づかれます」

「ほかに客がいないんだから、気にしないで、いって。わたし、呑みたい。あなたの苦いものを喉の奥に噴き出して……」

彼女は陰茎を口の最深部まで呑み込んだ。顔を突き出すようにして喉の奥にまで導く。苦しげな声が洩れるが、お尻はうれしそうに振っている。

これが真性のマゾヒストなのか。

岸谷はそう思った刹那、腹の奥底から湧き上がってくる絶頂感に包まれた。

「いきそうだ、リカコさん」

「いって。さあ、いって」

「ほんとにいっていいんですね」

白い粘液が幹の中を駆け上がる。男にとってこの瞬間がまさに至福の時だ。

「いくっ、いく」

岸谷は腰を突き出した。

リカコが息をひそめた。むちむちっとしたくちびるが幹を包んだ。白い粘液を待ち受けている姿は真摯《しんし》なものだった。

岸谷は昇った。強烈な快感と店の中で射精してしまったという罪悪感の混じった複雑な満足感に包まれた。

リカコは丁寧に舐めあげた。彼女が口を離しても、生々しい匂いは広がらなかった。マスターはまだ戻ってこない。

「有村さんと一緒に仕事をしたことがあるけど、彼、嫉妬心を捨てられなくて、気まずい雰囲気がつづいたの。ママはわたしと有村さんを引き離すために、あなたを紹介したんだと思うの」

「ということは、これからぼくたちは一緒に仕事をする可能性があるわけですね。Sではありませんけど、大丈夫かな」

「本格的なSMを望む人って、実は意外と少ないから大丈夫」

彼女は微笑んだ。年上とは思えない可愛らしい笑顔だ。

2

岸谷は渋谷駅前のスクランブル交差点を見下ろせる喫茶店にいる。

金曜日、午後七時。

歩行者の信号が青になるたびに、交差点は人で埋め尽くされる。

三日前に姫花から紹介された有村が、テーブルの向かい側に座っている。旅行代理店でカウンター業務をしているだけあって、スーツ姿には清潔感がある。

「君とふたりきりで会っていいものかどうか迷ったんだけど、今は思い切って電話してよかったと思っているよ」

有村は微笑む。やさしさがこぼれ落ちるのではないかと思えるくらいに、柔和な表情だ。

先日の敵愾心《てきがいしん》を剝き出しにしていた時とは大違いだ。

何か魂胆があるに違いない。

警戒心を解くことなく、注意深く彼の言葉を聞く。

「どういった用件でしょうか。電話では話せないということでしたが……」

岸谷が水を向けると、有村は言いにくそうに顔をしかめたが、一分もしないうちに意を決したかのように口を開いた。

「君が姫花嬢の仕事を何回したのか知らないけど、どうなっているのかな……。同じ仕事をする者としてはきちんと知っておきたいと思ってね」

「どうって、何が？」

「これだよ、これ」

有村は右手の親指と人差し指で丸をつくった。

ギャラという意味だ。一度も一緒に仕事をしたこともないのに、なぜ、こんな生々しい話をするのか。

「有村さんと同じように、ぼくも本業がありますから、あまり頓着していないんです。いくらだったかなあ……。すみません、ぼんくらで。専業でやっている人にとったらギャラは大切でしょうね」

「金にこだわらないなんて、信じられないな」

岸谷は確かに、お金には執着していなかった。この仕事は、お金のためにやる仕事ではないと、心のどこかで信じていたのだ。

「岸谷君にとっては、この仕事はあくまでもアルバイトという位置づけなんだろうね。だからそんなに暢気《のんき》でいられる。でも、ぼくは違う。できることなら、近い将来、本業にしたいと本気で思っているんだ」

「独立、ですか？」

「姫花嬢にいいように使われつづけるなんて、つまらないと思わないか？　独立起業してこそ、こういう裏の仕事はうまみがあるってもんだ」

「すごいなあ、有村さんは。独立できるなら、挑戦したほうが人生が面白くなると思います。資金のないぼくには、無理ですけどね」

「資金が必要だと思うか？　上客を摑んでさえいれば、何も必要ない。店舗をもつわけではない。スマホが一台あれば成立する仕事じゃないか」

確かにそうだ。必要となる経費はシティホテル代や食事代程度だが、岸谷が見てきた限りではそれは客が支払っている。

「この仕事でもっとも大切なことは、上流の人たちにコネクションがあるかどうかです。それがない限り、姫花さんと同じように商売はできないですよ」

「姫花嬢がなぜ、君やぼくに目をつけたのか、その理由がわかるかい？」

「さあ、何でしょうか」

「旅を売るぼくと車を売る君は、上流の人たちと出会う機会が多い。そこに彼女の狙いがあるんじゃないかな」

そうかもしれない。六本木のＳＭクラブだけでは、上流の人たちとの出会いは限られてしまう。上客が増やせなければ、商売はじり貧になっていく。

それにしても、有村という男は抜け目ない。こういう男を敵に回してはいけない。独立心が旺盛な野心的な男という評価はできるけれど、雇う立場からすると厄介な存在だ。まさか、この男は姫花の仕事を乗っ取ろうというのか。庇《ひさし》を貸して母屋《おもや》を取られるという諺《ことわざ》が脳裏に浮かぶ。

「で、今日の用件は？」

岸谷はまた同じことを問いかけた。彼が訊きたかったのはギャラのことではないと思ったのだ。それくらいのことなら、電話で済んでしまう。

「君とは長いつきあいができればいいなあって思っているんだよ。わかるよね、ぼくが言ったこの意味」

「さあ、どうでしょうか」

「その答え、理想的だな。慎重な言い回しをする男は信頼に足る。もしも君が今、軽薄な答え方をしたら、これ以上は話さないようにしようと思っていたんだ」

「一次試験をパスしたということでしょうか」

「そんなふうに高飛車に君を見ていないよ。いいパートナーになれるかもしれないという期待を膨らませているだけさ」

「ぼくをパートナーに？　この仕事の？」

有村はうなずいた。自信たっぷりの表情だ。それがこの男の抜け目のなさを強調しているように見える。

姫花との関係はうまくいっている。それを壊してまで、有村の誘いに乗ることはない。高額なギャラで釣ってきても、動かない。この仕事はお金ではないからだ。

これ以上は話しても意味がないと思い、岸谷は席を立つことにした。彼は引き留めなかった。代わりに、すぐに会うような言葉を投げかけた。

「それじゃ、今夜」

立ち上がって帰りかけたところで、岸谷は有村を見た。

「今夜って、どういうことですか」

「姫花嬢からまだ連絡が入っていないか？　今夜、久しぶりの登板予定だ。ぼくと君のふたり。夜十時、六本木のホテル。面白いことになりそうだ」

「姫花さんに確かめてみます」

岸谷はひとりで喫茶店を出た。姫花に連絡を入れると、有村の言ったとおりだった。相手は女性ひとりだ。

午後十時五分前。

岸谷は指定された六本木のシティホテルのロビーに入った。有村の姿はなかったが、代わりに、姫花から電話での指示が入った。

「お疲れ様。今夜はすごく変わった仕事だから、そのつもりでいてね」

「どういう雰囲気になるんでしょうか」

「有村さんはもう部屋に入っているの。一時間ほど前かな」

「ええっ？　てっきり、彼と一緒に部屋に入るのかと思っていました」

「お客様の望みは、ふたりで愉しんでいるところに、もうひとり、別の男性が入ってくるという設定なの。変わっているでしょう？」

「男ふたりに女ひとりですか。面白そうですね」

「気をつけてほしいのは、不自然な流れにならないようにってことかな。君が部屋に入っても、挨拶する必要はなし。彼女が求めているのは、いつの間にか男がふたりになっていたというスムーズなプレーなの」

「部屋のドアは開いていますよね？」

「フロントにカードキーを預けてあるから、それを受け取って部屋に入ってちょうだい」

岸谷は言われたとおりにフロントに向かった。

不法侵入を問われる気がしてドキドキしたが、すんなりとカードキーを受け取ることができた。

三十二階の３２０１号室。ドアの前に立った。

カードキーをドアの上側の金属部分にかざした。解錠を知らせる緑色の小さなランプが点灯した。

廊下の左右を見る。誰もいないのを確かめて、安堵のため息をつく。なぜか、泥棒に入るような気分になる。心臓の高鳴りは尋常ではなく、てのひらにびっしょりと汗をかいてしまう。

静かにドアを開け、部屋に足を踏み入れた。

ゆっくりと歩く。明かりは窓際のフロアランプだけだ。カーペット敷きの長い廊下と淡いピンクのソファとガラステーブルが見えた。左側にはバスルームと洗面所のドアがあり、右手にはクローゼットがある。数歩進むと、ハンドバッグを置いたライティングデスクが見えてきた。

女性の小さな喘ぎ声が聞こえる。岸谷の胸も高鳴る。二メートル先まで進むと、キングサイズのベッドが見えた。

男と女が全裸で抱き合っていた。

有村と目が合った。

彼は驚くことなく微笑むと、女を引き寄せてくちびるを重ねた。

背中を向けている女はむっちりとしていて、ウエストのあたりにはたっぷりと肉がついている。三十代後半から四十代前半。熟れ頃の肉体だ。

岸谷は廊下に戻り、洗面所のドアを開ける。大理石の床だったので、靴をすぐに脱いだ。ここまでは彼女に気づかれていない。できることなら、ベッドに行き、触れるところまで気づかれないようにしたい。

音をたてずに洋服を脱いだ。自宅で風呂に入ってきているから、ここでシャワーを浴びる必要はない。

全裸のまま洗面所を出た。

女性はうつ伏せになっている。有村は彼女の背骨に沿って舌を滑らせている。

有村が手招きする。岸谷は静かにベッドサイドに近づく。

この女性の望みを叶える瞬間だ。

有村はくちびるを背中に這わせている。熱心だ。手抜きをしている様子はない。

岸谷は手を差し出して、彼女のお尻に触れた。

女性に変化はなかった。

横を向いて目を閉じている。岸谷の存在に気づいていないのだ。有村の愛撫と勘違いしているらしい。

岸谷は可笑しくて笑いだしそうになるのを堪える。望んだことが実現しているのに気づかないというのは皮肉なものだ。

「ああっ、すごく気持いい……」

うつむいたままの女性が呻き声を洩らした。快感が肌の感覚を鈍くしているのだろうか。そうだとしたら、やはり可笑しい。

有村が彼女のお尻に左手を伸ばした。

むっちりとした豊かな尻に、ふたりの男の手が触れている。左右の丘をそれぞれが揉んでは撫でる。有村の右手は体を支えるためにベッドにつけている。なのに、女はまだ気づいていない。

ふたりの指が触れては離れる。何度か目を合わせては、興奮を共有していることを確かめ合う。共犯者という意識だ。

割れ目に有村が指を這わせる。岸谷もつづく。ふたりの人差し指と中指が、狭い谷間で重なる。四本の指が、割れ目の肉襞を撫でたりよじったり圧したりひっぱったりする。連動とはほど遠い愛撫だ。

さすがに、女も異変を感じて顔を上げた。

岸谷は黙ったままで会釈した。こんな挨拶で十分だ。

「ああっ、いつの間に……。ああっ、わたし、気づかないうちに、ふたりに犯されていたなんて……」

女の声は喜びに震えていた。薄く化粧をした顔は三十代後半に見えた。いい女だ。呼吸するだけで上下するやわらかくて大きな乳房が、彼女のむっちりとした体をエロティックに見せている。

「こちらは、淳子《じゅんこ》さん。岸谷、誠心誠意務めてくれるな」

有村に声をかけられ、「はい」と最小限の返事にとどめた。訊きたいことはいくらでもあるが、今はその時ではない。やるべきことは、この女性に、この世の極楽を味わわせてあげることだ。

淳子は仰向けになった。

有村に足の間に入るようにうながし、岸谷には乳房を舐めてほしいと言った。やってほしいことをはっきりと言う。珍しいが、そのほうがいい。自分の性欲に忠実であれば、極楽は近い。

彼女の望みどおり、岸谷は乳房に口をつけた。大きめの乳輪をすっぽりと口で覆っていると、有村が割れ目をくちびるで覆った。

「わたし、こんなに気持よくなったのって初めて……。ふたりの舌、離れているのに、わたしの体の中でひとつに合体しているみたい。ああっ、すごい」

淳子は満足げにため息をつく。幸せそうな表情だ。

彼女がもしタブーにとらわれ、やりたいことを抑えていたら、この喜びは得られなかっただろう。幸福を得るには、性欲を抑えずに解放し、快楽を求めるべきなのだ。

「あとから入ってきた、名無し君……。有村さんの影みたいで、とっても刺激的な存在だったわ。こういうのが、わたし、好きみたい」

淳子が長い髪を振り乱して頭を振る。興奮が極限にまで到達しているようで、岸谷の高ぶりも強まる。ふたりの男ではなくて、有村の影と感じるという彼女の感覚にも、新鮮な刺激を受ける。

名前は敢えて伝えない。有村の影の存在でいい。こんなところで自己主張しても意味はない。

「右のおっぱいを有村さん、左を名無し君が舐めて……」

ふたりは言われるままに従った。淳子は女王様でいるのではない。自らの欲望に素直になっているだけだ。

ふたりの愛撫に熱が入る。興奮しているからだが、これは淳子のおかげでもある。彼女の高ぶりが、男の熱心さを引き出しているのだ。

「おちんちんに、触らせて」

有村が股間を差し出し、彼女は幹をきつく握る。

「熱い、おちんちん……。名無し君のおちんちんも、早く触らせて」

岸谷は、ベッドの端に上がった。有村への遠慮は禁物だ。淳子の欲望を叶えるためなら、彼のことは気にする必要はない。そんなことは彼も承知だ。

ふたりの陰茎をしごきながら、淳子は乳房を吸われている。肉と心の快楽に、表情が緩んでいく。

「おちんちんの熱さが、それぞれに違うのね。わたし、初めて知ったわ」

生々しい言葉に、岸谷の陰茎の芯に強い脈動が駆け上がった。不思議なことに、有村の陰茎にも脈動が走ったのを、淳子の手を介して気づいた。

「淳子さん、こんな男の愚息と比較してほしくないな。ぼくのは秀才の息子だけど、あいつのは出来損ないだよ」

有村の囁きに、淳子がくすくすっと笑い声を洩らす。乳房が細かく震える。小さめの乳首は先ほどよりも大きくなっていく。

「女からしたら、有村さんも名無し君も同じ。わたしの体に興奮して硬くなるおちんちんであればそれで十分」

「同じと言われるの辛いなあ。淳子さんには、ほかの誰かではなくて、ぼくが必要なんですよ」

「わたし、移り気だから、気持よくさせてくれないと、ほかに目を向けるかも」

「つれないなあ、淳子さんは」

「お仕事にはいつも、緊張感が必要だってこと」

「はいはい、わかりました。女王様の仰せのとおりにしますよ」

茶化すように言うと、ふたりは見つめ合って笑った。岸谷はその間も乳首を吸い、陰茎をしごかれていた。

「今度はわたしのいちばん感じるところを、ふたり同時に舐めてみて……」

淳子が足を大きく開いた。そこには有村だけが入った。

ふたり分のスペースはあるが、互いの肩が邪魔になって顔を割れ目に寄せられなくなってしまうのだ。

右の太ももから少しずつ舐めあげていくのは岸谷だ。左は有村。彼が肉襞を引っ張り、クリトリスを剝き出しにする。それを岸谷も真似る。左右から引っ張ることで、つけ根までくっきりと現れる。

「有村さん、もっと強く舐めて。名無し君も頑張って。君の舌を感じないの」

クリトリスはさすがに敏感だ。どちらの舌なのか、判別できている。岸谷は太ももに舌を這わせていて、クリトリスは舐めていない。

岸谷も舌を差し出した。有村の舌先に触れる。キスをしていると思うと気分が悪くなるので、割れ目に付属している何かに触れていることにする。そうすると気持悪さが、我慢できる範囲におさまる。

クリトリスのつけ根からうるみが滲み出てくる。濁った音をあげてすすると、有村も呼応する。ふたりの男が肉襞ごとうるみをすする。部屋には濁った音と淳子の喘ぎ声が入り混じる。

「ああっ、三人でやっているのね。わたしたちってすごく淫ら」

背中を反らしながら淳子が呻く。乳房が波打ち、割れ目が遠ざかる。ふたりの男はクリトリスを追いかける。

「おっぱいを舐められている時よりも、やっぱりこっちのほうが、あなたたちの舌の違いがはっきりとわかるみたい……。有村さんのほうが舌が硬い」

彼女は言うと、有村の肩口を突っついて、

「キスして」

と、甘えた。その一方で岸谷には、

「そのまま舐めていて」

と命じて、腰を二度三度と突き上げて熱心な愛撫をねだった。

岸谷は言われたとおりにクリトリスに舌を這わせつづける。有村はキスをするために体を移す。

ふたりがキスをはじめた。濃厚だ。ふたりのくちびるの周りが唾液でべたべたになっていく。岸谷は割れ目を舐めることに専念する。

次から次に、初めてのことが起きる。それらすべてが性的な興奮につながっている。なのに、いきたいとは思わない。職業的倫理観が射精を抑えていた。加えて言えば、新しい刺激を味わう好奇心が優先されて、射精したいということを忘れていた。

「ああっ、とろけちゃう。下半身に力が入らないの。立てと言われても立てそうにないくらい。世の中に、こんなに気持がいいことがあったのね」

「ぼくを贔屓《ひいき》にしてくれたからこそ実現できたんですよ」

有村はさりげなく恩を売る。したたかだ。でも、自分にはできないと思った。

「だったら、今度はわたしがサービスしてあげる」

彼女は起き上がって、有村を仰向けに倒した。岸谷のことは無視して、有村の股間に顔を寄せた。

陰茎のつけ根までくわえこむ。くちびるで幹を圧迫しながら、指先で張り詰めている皮をしごく。お金のやりとりなど関係ない。淳子は興奮に任せて熱心にくわえつづける。

「いきたくなっても、絶対にいったらダメよ。わかっているでしょうね」

「淳子さんはわかっていないだろうけど、すごく上手なんですよ。気持を緩めると、すぐにいきそうになるんです」

淳子は四つん這いの格好でフェラチオをはじめた。そのうちに、左足をあげ、岸谷に足の間に入るようにうながしてきた。

「舐めて、わたしのあそこ」

彼女は割れ目を剝き出しにして声を投げた。

男と女と男がつながった。

背徳の空気に包まれて、岸谷は興奮の極地に到達した。

今ならどんなヘンタイ的なことでもできる。

頭の芯に痺れを感じながら、自分が持っていた今までの価値観とは違う、別の価値観の地平に立った気がした。

第七章　大人の計算

1

十月二日、午後十時。

岸谷は今、西麻布《にしあざぶ》のイタリアンレストランの個室で白ワインを飲んでいる。淡いピンクのテーブルクロスの向こう側には、上機嫌の川口所長と姫花が並んで座っている。

川口所長の誕生日のお祝いをしている。姫花の発案だ。正確には昨日が誕生日だったけれど、家族を優先するということで一日遅れになった。今日は会社も姫花の店も休みで、裏の仕事のスケジュールも入っていない。

のんびりとした和やかな雰囲気がうれしい。姫花の店で酒を飲んでいる時の所長は、性欲をたぎらせたギラギラとした目をしているけれど、姫花は横にいるものの、今は穏やかでうれしそうだ。

「姫花ちゃんと出会って四年。誕生日を祝ってもらうのは初めてだ。ふたりきりではないってところが、わたしにとっては痛し痒しだけどな」

所長が岸谷をジロリと睨みつけると、姫花は楽しそうに笑い声をあげた。岸谷はめげずに返答する。

「平社員だと、誰にも祝ってもらえないんです。やっぱり、所長にならないと、サラリーマン人生、楽しくないですね」

「岸谷君に訊きたいんだけど、所長が勘がいい人だとわかっていた？」

「はい。すべてにおいて勘がよくなくちゃ、車は売れないし、所長にもなれません」

「川口さんは、勘がいいだけじゃなくて、人も鋭く見抜くの。そのうえで、わたしたちに、何か、言いたいそうよ」

姫花が困った表情を浮かべながら、所長の手を握った。なだめるように、手の甲を撫でたりする。所長は言った。

「何か妙なことをやって稼いでいるようじゃないか」

岸谷はドキリとして息を呑んだ。

会社では副業は禁止されている。社員に就業規則を守らせる立場の所長が見逃してくれるはずがない。いつかこんな日が来るとは思っていたが、まさか、こんなにも早くやってくるとは。

「いったい、所長は何に気づいたって言うんですか」

岸谷はとぼけて訊いたが、所長は不快そうな顔で睨んだ。

「新宿のホテルのロビーで、わたしたちが会っているのを見かけたんですって」

「そのことなら、所長はご存知ですよ。姫花さん、忘れましたか?」

「あの晩のことをしつこく訊かれたの。根負けして、教えてしまったの……。ごめんなさい、岸谷君」

あの夜のことはよく覚えている。

所長と姫花の店に行ったあと、深夜一時に、新宿の西口公園を見下ろせるホテルに出向いた。ロビーには酔って大声をあげる若い男女がいた。姫花は友人の美希を紹介するとすぐに帰り、岸谷がひとりで相手をした。姫花がロビーにいたのはほんの数分だった。

あの時間、あの場所に、本当に所長がいて、三人のやりとりを見ていたというのか。翌日も仕事だった所長が偶然、あの場にいたのはおかしい。しかも、所長とは翌々日顔を合わせたのに、何も訊かれなかった。それもおかしなことだ。

「あの晩、姫花さんの店を出てから新宿に行ったんですか? あんな夜中に」

岸谷はおずおずと訊く。

「行ったのかどうかは関係ない。姫花とおまえが一緒だったってことが問題なんだ。こそこそとふたりでよからぬことをして、嘘をつき通せるとでも思ったのか?」

岸谷は口ごもるだけで言い返せない。言い訳をすればするほど、所長を怒らせることになりかねない。

助け船を出してくれたのは姫花だ。

「岸谷君をそんなに責めないで。秘密を保持しているだけなんだから。これでわかったわ。岸谷君は信用できる素晴らしい人よ。上司にこれだけしつこく訊かれても口を割らないんだもの。川口さん、頼もしい人を紹介してくれてありがとう」

「話を逸らすんじゃない。何をやっているのか、姫花、正直に言ってほしいな」

「ごめんなさい、言えないの……。だけど、こう考えてくれるかしら。彼の営業成績がぐんと上がったのは、わたしを少し手助けしてくれたから。それが結果的に、会社への貢献になったんです」

「つまり、営業所の成績がよくなったのは、岸谷と姫花が秘密でやっていることのおかげってことか。だから、感謝しろっていうのか？　ずいぶんとむかつく話だな。ワインがまずくなる」

所長はグラスをテーブルに乱暴に置くと、もう一度、岸谷を睨みつけた。

「仕方ないわね。ここまでこじれたら、正直に教えるしかないかな」

姫花が諦めたように言うと、いきなり近くのホテルに電話をかけはじめた。

どういうことだ。

姫花と所長の顔を見ながら、岸谷は呆気にとられていた。

2

午後十一時。

小雨が降っている。岸谷はひとりで窓際に立ち、眼下に広がる六本木の雨の夜景を眺めている。

窓ガラスには、ダブルベッドに姫花と所長が並んで座っている姿が映り込んでいる。ふたりは無言で肩を寄せ合い、互いの太ももを撫でている。

「会社に隠れてこんないかがわしい仕事をしていたのか。おまえって男は……。他人の秘め事を平気で覗けるヘンタイだったとはな」

所長の嘲《あざけ》りの言葉を背中で受け止める。

岸谷はこれほどまでに居心地の悪い思いをしたことはない。けれども、帰ることもできない。この部屋にいて、所長と姫花のベッドでの痴態を見ていることが、今夜の仕事となったのだ。

「岸谷君。頑《かたく》なになるのはわかるけど、こっちを向いて。見ていることが仕事だったはずよね」

姫花に念を押されて、岸谷は渋々振り返った。

ふたりは抱き合い、キスをする。興奮している。所長はその姿を部下に見られてさらに興奮していられるのが不思議だった。

「岸谷は正直だな」

姫花を撫でながら、所長が勝ち誇った声を投げた。仕事中に指示をする時の大声のような緊張感に満ちたものではない。狡猾《こうかつ》で卑しい響きを感じる。

「目を逸らしてばかりじゃないか。よく見ろって。そんなことで、客が満足するのか？

わたしが客だったら、金を返せって文句をつけるレベルだ」

「そうですよね、おっしゃるとおりです。腹をくっていないのが、自分でもわかります。」

「わかっているなら、もっと近くに来てじっくりと眺めろよ。わたしはどうやら、見られると興奮するみたいだ」

岸谷はライティングデスクの椅子を、ベッドのすぐ脇に移した。七十センチほどの近さで、体を重ねているふたりを見る。

「岸谷だったら、この後、どうしたい？」

「所長のお好きにどうぞ。ぼくは黙っておふたりのセックスを楽しませてもらいます」

「面白くない奴だなあ。おまえの言うとおりにしてやるって言っているんだ。遠慮しないで言ってみろ。この女をどうしたい？」

至近距離でけしかけられて、黙っているわけにはいかなくなった。アイデアはいくらでもある。

「だったら、姫花さんを押し倒してスカートをめくり上げてください」

岸谷に言われたとおりに、所長は彼女を仰向けにしてスカートの裾をたくし上げた。ストッキングが妖しくキラキラと輝く。岸谷は一瞬、自分が愛撫している錯覚に陥り、全身が熱くなった。こういう変わったプレーもあるということか。三人が同じ部屋にいるからこそできる面白いプレーだ。

「パンティストッキングだけを脱がして」

所長は素早く実行に移す。さすがに馴れている。ショーツと言うよりも、五十代の男はパンティと言ったほうがリアリティがあって興奮すると、いつだったか所長に聞いたことがある。

「パンティを脱がさずに、股のほうから指を入れていじくって」

五十六歳の節ばった指が股ぐりの両サイドから入っていく。割れ目が赤みの濃いパンティに浮き上がるのが見える。

「姫花さんはどんな気分ですか？」

岸谷が訊く。所長は割れ目を愛撫しながら、ブラウス越しに乳房に顔を埋める。姫花は彼の股間に手を伸ばしてズボンの上から触る。

「川口さんに可愛がってもらえるなんて思わなかった。ずっとずっと、いいお客さんでいてくれるだろうと思っていたから」

「次は何をしてほしいですか？」

「おっぱいを舐めてほしい」

姫花はのけぞって愛撫をねだった。岸谷に目を向けると、うっすらと笑みを浮かべた。そこに意味があるのかどうか。

ブラウスを脱がされ、上半身が赤色のブラジャーだけになる。パンティと同じデザインだ。黒色の薔薇の刺繍が上側の縁にいくつも施されている。白い肌に際立ち、妖艶なエロスが醸し出されていく。

所長がブラジャーの縁に沿って舌を這わせる。そうしている間も、パンティの内部に入った指が動きつづけている。

「ホックを外してください」

岸谷のその言葉を待っていたかのように、所長はあっという間に外した。うまい。これも経験がなせる技なのか。所長の指はスカートのホックにも伸びた。手際がいい。

姫花はパンティだけの姿になった。

美しい半裸だ。露出の多いボンデージファッションを彼女の店で見ているけれど、それとは意味が違う。ボンデージスタイルは制服だ。露出は多いけれど、身を守る鎧《よろい》なのだ。ところが、今は保身を考えずに晒け出している。

仰向けのために平坦になっている豊かな乳房を、絞り上げるようにして揉みあげる。荒々しくて痛そうだけれど、姫花は表情を変えない。プロとして男の乱暴な愛撫を受け入れているのか、快感として痛みを味わっているのか。

岸谷は声をかける。

「ゆっくりと乳首を舐めてください。くちびるを押しつけたらダメですからね。この時間なので無精髭が生えていますから」

「髭の何がいけないんだ？」

所長が不満げな顔を上げた。左の指は今もパンティの中だ。

「女性の肌はデリケートなんです。無精髭は、当たると痛いそうです」

「一度も言われたことがないが、最近はそういうものなのか」

所長はくちびるを浮かし気味にして、舌を差し出した。

セックスには性格が出るものなのだ。これまで数人の男女のセックスを客観的に眺めてきたが、人それぞれだとあらためて思う。所長のセックスは意外にもやさしい。女のことを性欲処理のための道具とは思っていないようだ。

「どうだ、姫花。岸谷が言ったように、髭が当たらないほうがいいものか？」

「ええ、そうね。女の肌は、男の人には想像がつかないくらいに敏感なの」

「店でチークダンスを踊りながら頰をつけていたけど、痛かったのか？」

「ちょっとだけ。でも、酔っている時は、普段よりは鈍感なの」

「そうか、そういうものか」

所長は得心したようにため息をついた。この年代の男は、性欲だけでなく、知識についても貪欲《どんよく》で、バイタリティがある。岸谷が思うに、バブル経済の絶頂期を経て、女にモテたという成功体験が、精神的な強さにつながっているのだ。

「姫花さんに、おちんちんをしゃぶってもらってください。だけど、ズボンもシャツも脱がなくていいですからね」

「五十男の醜い裸など見たくないっていうことか？　せいぜいバカにするといい。おまえだってすぐに若さを失って、たるんだ体になるんだぞ」

「岸谷君に喧嘩《けんか》を売っていないで、わたしに集中して……。川口さんは同年代の男性たちと比べたら、すごく若々しいわよ。可愛くって、食べちゃいたいくらい」

姫花は慰めの言葉をかけながら、ズボンのファスナーを下ろし、パンツから尖った陰茎を引き出した。

見事に勃起している。隆々とした姿は黒々としていて逞しく健康的だ。それだけを見れば、五十六歳になる男のイチモツとは思わない。

「ああっ、おっきい」

姫花が感激の声をあげ、馴れた手つきで陰茎を摑んだ。ためらいをひとつも見せずに口を寄せた。

所長の反応は鋭い。感じやすいのだろう。体がブルブルッと震えるのを姫花も岸谷も見逃さない。

「川口さんは可愛いなあ。ほらほら、先っぽから透明なものが、もう滲み出てきている。中学生みたいに感じやすい体なのね」

「これは姫花女王様の羞恥プレーなのか？　部下の前でわたしを恥ずかしがらせようっていう魂胆だな」

「部下と思うか、エッチなところを見てくれる男の人と思うか……。川口さんの意識次第で、気持よくなったりつまらなくなったりするんじゃないかしら」

姫花の囁き声に、川口は深くうなずいた。

「岸谷がどういう男かなんて、今はどうでもいい。とにかく、この男は信用できるとわかったからそれで十分満足だ。そんなことより、もっともっとエッチになってセックスに没頭したい」

五十代後半の男でも貪欲にエロスを追求していくものなのだ。年をとれば男は枯れるというイメージは幻想にすぎない。

「所長の年齢でも、実際にエッチをするんですね」

「可笑しなことを言うんだな。男はどんなに齢を重ねても、一生、男に変わりはない。だから、女に興味を失うこともない。岸谷はまだまだ、男がわかっていないな」

「枯れないんですか？」

「役に立たなくなるだろうけど、一生枯れることはないだろうな。女にも食べるものにも興味のないジジイになって、何が楽しいものか」

「それを聞いて、少しは将来に希望が持てそうです」

「性欲が強いということは、若者の特権だと思っていたら大間違いだぞ。欲を捨ててこそ人生の最高の到達点にいけるなんてことも間違いだ。俗世間に生きる者は、一生、欲が深くて強いものだ」

「価値観は変わるんですね。昔の有名な評論家に、枯れてこそ素晴らしい人生だと唱えた人がいました」

「昔はそういう考え方が支持されたのは確かだ。今は年をとった者もセックスをする。それが当たり前の時代だ」

岸谷は姫花の仕事を手伝うようになって、今のこの自由な世の中にあっても、セックスが好きと堂々と言えない風潮がある気がしていた。変な時代なのだ。性的な気配を出さないことがスマートな男の条件とされている。

セックスだけではない。東京で暮らしていると、お金のない者や年老いた者は相手にされていない気もしていた。レストランも物販の店も広告も何もかもが、購買力のある若者しか相手にしていない。

「所長のことがわかって、ちょっとうれしいです。裸のつきあいができそうです」

「おまえとか？　気持悪いな」

所長は笑い声をあげた。しかし、その声はすぐに止んだ。姫花がすっぽりと陰茎をくわえはじめた。

「ああっ、気持いい。これが姫花の口の感触なんだなあ。岸谷、よく覚えておけ。念ずれば通じるってことだ」

所長の言うとおりだ。自動車販売会社の営業所長だが、美男子というわけではない。髪は薄いし、身なりも清潔とは言えない。朝から加齢臭を漂わせても平気でいられる神経の持ち主で、何の取り柄もない五十代半ばの男が、六本木のSMバーのママにフェラチオしてもらっているのだ。それもこれも、口説けると信じていたからこそだ。

「岸谷の野望は何だ？」

「野望という言葉は、ぼくには強すぎます」

「そういうことか……。野望という言葉に、気持が負けているっていうわけか」

フェラチオしてもらっているのだからそれに没頭すればいいのに、彼は話しつづける。

これでは姫花が可哀想だ。

所長がしつこく訊くので、岸谷は仕方なく答える。

「特別な野望はありません。面白可笑しく生きようというエネルギッシュなことも考えていません。平凡にそこそこの生活ができればそれで十分です」

「おれには考えられないな。その若さで欲がないなんて」

「ぼくたちから下の年代って、欲のことを考えても実現できないだろうなあって諦める癖がついているんです」

欲はある。深くて強い欲を持っている。ところが、欲と人生の目標をリンクさせられないのだ。姫花の誘いに応じて夜のビジネスを手伝うようになったのも、面白そうと思っただけのことで、野望にはつながっていなかった。

「野望のない男はつまらんな。姫花もそう思わないか?」

姫花は口を塞がれながらもうなずいた。Sの女王様でありながら、今はMの奉仕奴隷となって恍惚としている。SでありながらM。それこそ、彼女の欲の深さを表している気がした。

「所長の野望は何ですか?」

岸谷が訊くと、所長は陰茎をくわえられているのにすぐに返事をした。

「おれは、サラリーマンとしての野望と、サラリーマン生活を終えた後の野望のふたつを持つべきだと思っている」

「定年まであと数年あるのに、もう定年後のことを考えているんですか？　欲張りですね、所長はやっぱり」

「大学を出て就職をして定年を迎えるまで約四十年。残り五年。会社員としての野望を抱けるポジションにはいない。そんなことを考えるより、定年後も元気でいられる期間を約二十年とすると、そっちで野望をつくったほうがいい」

「定年を迎えたらのんびりと隠居生活をするっていうイメージですけど、まったく違いますね。ギラギラしていて、若者以上だって気がします」

「枯れてたまるか。欲に年齢は関係ない。おれはそう思っている」

所長は腰を突き上げ、姫花の喉の奥深くに陰茎を挿し込んだ。姫花はいやがらない。所長の腰の動きが激しくなる。欲をぶつけているというよりも、自分という男の存在を彼女の口や喉や舌や性欲に刻みつけている気がする。

「知りたいですよ、定年後の野望を」

「魅力的な野望だ。姫花がたっぷりと舐めているのも、おれの野望に魅力を感じているからだ。これほどの美人が、わざわざ好きこのんで定年間際のくたびれた男のモノをくわえるはずがない」

所長は短く笑った。姫花は、自分が貶められているのがわかっていたが、陰茎は離さない。瞼を閉じたまま丹念に舌を動かしている。

「所長と姫花さんは、つきあっているんですか？　今夜初めて深い関係になったと思っていました」

「もちろん初めてだ。彼女にとって魅力的な話を提供したからこそ、おれはこうして姫花を味わっていられるんだ」

「何ですか、魅力的な話って」

「大人の男女に、セックスの喜びを提供する仕事だ」

岸谷は絶句した。それはもう姫花がはじめている裏のビジネスだ。

「驚いたようだな。おれが知らないとでも思っていたか？」

「所長も姫花さんのビジネスに一枚嚙みたいという意味でしょうか」

「姫花から岸谷の働きぶりを聞いて、人材が揃っていると感じたんだ。おれには金と人脈がある。姫花には資金力と営業力がない。ふたりが手を組めば、足りないところを補い合えるはずだ」

「そうかもしれませんね。それにしても、なぜその話をぼくにするんですか？　ぼくには関係ないことだと思います」

「君が必要だからだよ。はっきり言って、車の販売の仕事なら代わりはいくらでもいるけど、この仕事は君以外にはできない」

「まったくうれしくない話ですね」

岸谷は漠然と、姫花と二人三脚で頑張ってお金持ち相手の仕事を盛り上げていくのだと思っていた。がっかりだ。所長が入ってくるとなると、姫花との関係も変わるし、自分はこれまでと変わらず、単なる駒になってしまう。

所長はそんなことを気にせずに言葉をつづける。

「ぼくがこの計画を発案した時から、君は適任だと考えていたんだ」

「発案したのは、いつですか」

「四年前かな。姫花、そうだった？」

陰茎をくわえながら、姫花はうなずいた。

岸谷はいまだに、所長と姫花との関係が理解できない。四年前から裏のビジネスのことで関わりがあったということか？　その頃から、定年後の仕事を考えていたというのか？　これが所長の野望なのか？　姫花の店に連れていかれたのは、単にお供としてではなかったというのか？

「金持ちになりたいだろう？　どうだ、岸谷」

所長の声がうわずっていた。姫花の舌遣いがうまいのだ。快感に脳が支配されている。

「お金持ちになることだけを考えていたら、車の営業マンはしていません。車が好きで、人と話すのが好きだからやっているんです」

「やっぱり欲がないな。あるとすれば性欲くらいか……。それもあまりないか。人生、面白くないだろうな」

所長の挑発には乗らない。岸谷は冷静だった。

姫花がようやく陰茎を放した。岸谷と目を合わせると、声に出さずにごめんなさいと口だけを動かした。

姫花に謝られても困る。

自分の意思ではじめた夜の仕事なのだ。それでも彼女が謝るというのなら、誘い文句の中に嘘が混じっていたことになる。

姫花がベッドの上で正座した。所長は横になっている。さすがに気まずいと思ったのか、下半身を掛け布団で隠した。

「わたしと夜の仕事をしてみて、どうだった？」

姫花が真顔で訊く。冗談で返す時ではない。

「楽しかったです。最初は後ろめたかったんですけど、人の役に立っていると思えるようになりましたから」

「わたしだって同じ。これを売春と思ったら大間違い。似て非なるものね」

「そのとおりです。だからこそ、自尊心を保てるんです。コソコソする必要もなかったですし……。お金がほしくて体を売っていたわけではありません」

「やっぱり君には素質があるなあ」

「素質？」

岸谷の問いに、姫花が答えるより先に、所長が声をあげた。

「体を使って、人を楽しませるっていう素質だよ。さっきも言ったように、誰にでもできることじゃない。心と体の両方で、素質と才能が必要となる仕事だ」

「ぼくに何をさせたいんですか？　所長は何をされるんですか？　姫花さんはどうなるんですか？」

所長が起き上がった。股間を隠しながら姫花と並んだ。

「夜のビジネスをやっていくのが望みだ。姫花も同意のうえだ。岸谷には今までどおり、昼の営業マンをやりながら、夜の仕事を手伝ってほしい。軌道に乗ったら、車の販売にも手を出すつもりでいる。それは定年後になるだろうけどな」

岸谷は返事をしなかった。不思議な違和感があって、それが何に起因しているのかを考えていた。

所長が考えている彼の豊かな人生に、自分が協力させられるだけの気がした。それだけでなく、もっと別に、大きな理由がありそうだった。

「どうして黙っているんだ。おまえの質問にきちんと答えたつもりだぞ。何の反応もしないのは失礼だろう」

所長は淡々と言う。姫花はうつむいているために表情が読めない。

「昼も夜も所長に使われるのは、居心地が悪いです。それに、所長が加わると、姫花さんに頼まれて仕事をしているのとは意味合いが変わってくる気がします」

「野望がないから、変わっていくことを怖がるんだよ。おまえが守っている生活や人生なんて、ちっぽけなもんだ。別の生活や別の人生を送ってもいいはずだ」

「だったら、所長にも当てはまるんじゃないですか。本当に夜のビジネスが定年後の人生の生き甲斐になるなら、今すぐはじめてもいいと思います。定年まで待ってからというのは、ちょっと、都合がよすぎます」

岸谷はすぐに言い過ぎたと反省した。人にはそれぞれ事情がある。言葉尻をとらえて言い負かしたところで意味がない。

「ということは、おれが本気になるなら、岸谷も本気になるということか？」

岸谷はうなずいた。大した人生ではないけれど、大切な人生だ。野望に向かって突き進むよりも、悔いのない人生を送りたい。それが人のためになる夜のビジネスであるならやればいいだけだ。

「姫花から聞いたけど、岸谷の性欲は柔軟なんだってな。相手がひとりだろうが複数だろうが、関係なく愉しませられるそうじゃないか」

「ぼく自身が愉しんでいるからです。イヤイヤながらやっていたら、それは必ず相手に伝わると思います。車の営業でも同じでしょう?」

所長は同意すると、ゆっくりと仰向けになった。姫花の脇腹を軽く突っつき、甘えた表情を浮かべた。

「話は終わりだ。な、姫花、いいだろう? さっきのつづき」

所長は姫花の手首を摑んで、二度三度と引っ張った。岸谷はおいてきぼりを食った気になり、ベッドの端にぽつんと座っているしかなかった。

姫花は所長の陰茎を摑んでゆっくりしごく。勃起はすぐにはじまり、所長は腰を何度も突き上げて、気持がいい愛撫だと表す。

「岸谷は三人でプレーをしたことがあるそうだな。いい度胸だ。堂々としていて、ちっとも恥ずかしがらないし、臆病にもなっていない」

所長の言うとおりだ。経験が多いから臆していないのではない。しっかりとした心構えがあるからだ。

岸谷は思う。今ここで臆したり恥ずかしがったりしたら、所長はプレーにも快感にも没入できなくなる。愉しみと喜びは半減してしまう。

他人様を喜ばすには、恥ずかしさは無用だ。タブーと感じるものにも気を遣う必要はない。今の社会の価値観がつくりだしたタブーに影響されて、自分のやりたいことを諦めるのはあまりにも馬鹿らしい。

たとえば、三十年前には映画でもグラビアでもヘアが映し出されるのはタブーだった。しかし今はおおっぴらというほどではないにしても、ごく普通のことになっている。曖昧な価値観によってつくりだされるタブーなど無視すべきなのだ。

これらはすべて、姫花の仕事をしていくうちに生まれた考えである。

「大切なお客様の川口さんを真ん中にしたいんだけど、岸谷君、いい？　君、できる？」

岸谷はうなずいた。大丈夫だ。腹はくくっている。ホモセクシャルではないけれど、いざとなれば男性客でも愉しませることはできるはずだ。

所長を真ん中にして、左に岸谷、右に姫花が横になった。

三人とも全裸だ。

姫花が所長の首筋を舐める。ゆっくりと下がっていき、乳首全体を口で覆う。左手では陰茎をふぐりのほうから撫で上げ、先端の切れ込みから溢れ出る透明な粘液を指先ですくい取ったりする。

岸谷が舌先で所長の首筋を舐めようとした。ところが、所長が嫌がった。

「待った、待った。やっぱり、無理だ。岸谷、おまえは何もしなくていい。姫花だけがやってくれるか」

客の言葉でも、姫花はすんなりとは受け入れない。

「川口さんは、男の人の愛撫を味わったことがないでしょう？　嫌うのは、経験した後でも遅くないんじゃない？」

「焚《た》きつけられても、無理なものは無理だ。気色悪い」

「ちょっとだけ、経験してみてください」

岸谷は言うと、素早く、所長の首筋に舌を滑らせた。壮年の割には張りのある体にさっと鳥肌が立った。

所長はくちびるを嚙み、眉間に皺を浮かべた。気持いいのか、気味が悪いと思っているのか。強い拒絶がないのをいいことに、姫花がやった愛撫と同じように、所長の乳首を口にふくみ舌で転がした。

「あっ」

所長が小さく声をあげた。

もう一方の乳首は、姫花が舐めたり吸ったりしている。

姫花と目が合う。

ふたりの口の中で乳首が勃起している。不思議だけれど、乳首を介して、姫花とつながっている感覚になる。岸谷は勃起した。姫花に興奮した。彼女の瞳や乳房や桜色に染まった肌に、岸谷の性欲が膨らんだ。

「今度は、岸谷が真ん中で横になってみろ。おれもやってみたくなった」

ふたりの男は場所を替えた。

素晴らしい。

滅多に面白がらない所長が乗り気になっている。

五十代の大人の男を面白がらせるのは容易なことではない。若い頃からすると感覚は鈍くなっているし、面白がったり楽しもうという気持が薄くなるものだ。

しかし、川口所長はベッドの端に座ってニヤニヤしている。

うれしそうだ。

「おれの気が変わらないうちに、ほら、岸谷、早く横になれ」

岸谷はベッドの中央で横になった。

左に所長、右に姫花が寄り添う。

姫花が岸谷の陰茎を握って垂直に立てる。そこに、所長の手が加わる。しかし、ためらいのほうが大きい。彼女の手の甲を包んでいるだけで、直には陰茎に触れない。

「川口さん、触って。岸谷君を気持よくさせて」

「やっているって……。十分に奉仕しているつもりだ」

所長にとっては、それが限界なのだ。

姫花は陰茎をしごく。当然、所長の手も上下する。岸谷は興奮し、所長も高ぶり荒い息遣いをする。実際に触れたわけではないが、十分に触れている気分になっている。

所長は勃起していた。でもそれは、未知の性的な経験に興奮しているのであって、男が好きだからではない。

勃起すればホモセクシャルということにはならない。そんなに単純なものではないのだ。男ならば誰しも好奇心だけで勃起するし、性欲さえあれば勃起する。

「大の大人が、意外と臆病なのね」

姫花が可笑しそうに囁く。

「おいおい、五十を過ぎた男にそんな挑発をしなくてもいいだろう。自分では勇者だと自負しているんだぞ」

「そうかしら？　おちんちんなんて見慣れているはずなのに、他人のものは触ることもできないなんて」

「おれが好きなのは、女だからな。男の裸なんてものは、ゴルフ場の風呂場で見るだけで十分だ。おれの努力と勇気を誉めてほしいよ」

「理屈を並べ立てていないで、もうちょっとだけ冒険してみましょう」

「無理だね」

「自分が新しい世界の扉を開く勇気がないのに、お客様をそんな言葉で誘えないでしょう？　そんなあなたに、岸谷君がついていくと思いますか？」

「まあ、確かにそうだ」

所長は渋々といった表情を浮かべたあと、姫花に手首を摑まれながら、岸谷の股間に手を伸ばした。

細い指と太い指が、陰茎を摑む。太い指はためらいがちにしごく。細い指がさらに速く動く。

細い指がふいに陰茎から離れた。

太い指はわずかな間、ひとりだけでしごくことになった。

「やればできるじゃない。どう？　自分が異常になったわけではないし、特別なことでもないでしょう？」

「それくらいのことは、頭では理解しているつもりだ」

「自分が今までつくりあげてきた価値観を壊すのよ。それこそが、川口さんが第二の人生でやりたかったことのはずよ」

「そうだろうけど、女好きの男が、ほかの男のおちんちんをしごけるようになるには、まだまだ大きな壁を乗り越えないといけない気がする」

「頑張って乗り越えて」

姫花の励ましに、所長の心が動いた。

男は理屈で納得させられると弱い。そこが女と違うところだ。

「おれがやりたいことは、セックスを商いにすることだ。モノを売って喜んでもらうのはもう十二分にやったからな」

「自分が成長して壁を乗り越えないと、自己実現なんて無理ですよ」

「責めるなって。おれは怒られて伸びるタイプじゃないんだ」

「誉められて伸びるタイプなのね……世話の焼ける人。だけど、上手よ、初めてにしてはしごき方が。岸谷君が気持ちよさそうな顔をしているもの」

姫花が岸谷の胸板に顔を寄せた。乳首を舐める。所長と目を合わせながらだ。同じことをしてみなさい。そんな意味を込めた視線を送った。

所長は踏ん切りをつけるように、気合の入ったため息をついた。

第八章　男の夜の枠

1

六本木での話し合いから一ヵ月が経つ。

所長との関係は明らかに変わった。どこかよそよそしくなり、姫花の店に誘われることもなくなった。

岸谷は今、表参道の喫茶店にいる。今日は仕事が休みだ。

午後三時。平日なのに、店は混んでいる。姫花が目の前で微笑んでいる。彼女と会うのも一ヵ月ぶりだ。

「姫花さんとも縁が切れたと思っていました。電話がきてびっくりしましたよ。所長に知られたら、まずいんじゃないですか？」

「君は何か勘違いしているわね。わたしは川口さんとは関係ないから」

「本当に？　深い関係だと思ってました」

「愛人でも恋人でもない。実は、あの店は誰にも頼らずに独力で出したの。川口さんには資金を出してもらっていません。これからだって、出してもらう気はないわ」

「わざわざ、そんなことを言うために、ぼくを呼び出したんですか？　そうじゃないですよね」

「君に折り入って相談があるの。あの事件の後から、ずっと考えていたこと」

「あの夜のことは『事件』ではないですよ。事業を興す時にありがちな、意見の食い違いという程度のものじゃないですか」

岸谷はわざと大げさだとわかるため息をついた。口にした言葉が本意ではないとわかってもらうつもりだった。

姫花は所長とつながっている。しかし、所長を信頼しきってはいない。それが岸谷の見立てだ。

「で、相談なんだけど……」

岸谷は姫花を遮った。

「所長にまずは相談したほうがいいと思います。ぼくには財力もなければ人望も人脈もないんですから」

「川口さんとは関係ないって言ったでしょう？　あの人から言い寄ってくるのをむげに断

れないだけ。それに、一ヵ月前の事件で、川口さんの本性がわかったの。あの人と仕事でパートナーになるなんて考えられない」

「お金を持っているのに……」

「実はね、今持っているわけじゃなくて、退職金をつぎ込むって話だったの」

「資産家だということですけど、違うんですか」

「奥さんの実家は資産家らしいんだけど、川口さんの自由になるお金はないらしいわ。それであの人は、退職後のお金に困らないために、趣味と実益を兼ねて、わたしたちに加わろうという気になったのよ」

思いがけなかった。お金持ちだと信じていたからこそ、傲慢な物言いや不遜な態度を許していたのだ。それなのに、お金がないとは。

「これでわかったでしょう？　川口さんとは、店のママと客の関係でしかないの。だからもうちょっと、警戒心を解いてくれないかな」

岸谷はうなずいた。所長と関係がないとわかれば気にすることは何もない。

「で、相談なんだけど、川口さんを抜きにして、わたしと岸谷君のふたりで、夜の仕事を一からはじめたいと考えているの」

「ここ数ヵ月、一緒にやってきていることじゃないですか。あらためてはじめるって言われても、ピンときません」

「ごめん、ごめん。結論を先に言っても、わかってもらえないわね」

姫花は微笑んだ。

ナチュラルメイクには透明感があって美しい。夜の姫花は、たいがい化粧が濃い。それも妖艶《ようえん》でいいのだけれど、清楚な印象の化粧のほうがずっといい。

「これまでのあなたは、ひとりのキャストに過ぎなかった。今は違う。わたしの本当のビジネスパートナーとして働いてほしいの。簡単に言うなら、キャストではなくてスタッフになるってことかな」

「意味はわかります。けど、ちょっと残念です」

「キャストでいたほうがよかったということ？　それとも、川口さんを加えないではじめるってことが残念という意味？」

「うまく言えませんけど、所長がはじめるって言った時、すごく規模が大きくて、夢が感じられました。だけど今のこの話は、こぢんまりとしていて、夢を抱けるようなことではない気がしました」

「あなたって、素直というか、バカ正直というか……」

姫花は深々とため息をつき、テーブルのコーヒーカップを摘み上げた。

「君だったら、どんな青写真を描く？　夢を抱けるような構想があるなら、今話してくれないかな。何の考えもなく、わたしの話にケチをつけてほしくないな」

「ありますよ、もちろん」

岸谷は言った。一ヵ月の間、自分なりにどうすればこの仕事がうまくいくだろうかと考えていたのだ。

「本当？　教えてよ」

「そういうことは、ふたりきりで話したほうがいいと思います」

「あらっ、素敵なことを言うじゃない。岸谷さん、少し大人になったのかな」

姫花が瞳を輝かせながら微笑んだ。岸谷がねっとりした眼差しを送ると、さりげなく自分の乳房に触れる素振りを見せた。

ふたりは店を出た。

岸谷は誇らしい気持で、緩やかな上りの表参道を胸を張って歩く。通り過ぎていく何人もの女性たちの誰よりも、姫花のほうが美しくて妖艶なのだ。

また勝った、また勝った――。

通り過ぎる女性たちと姫花の美しさを比較し、優越感に浸る。いつまでも一緒に歩いていたいと思ってしまう。

青山通りを渡り、南青山の住宅街に入った。道幅が狭く、木造の家が密集するエリアだ。あと少しで六本木通りに出るというところまで歩くと、レンガ貼りの中層マンションの前で、姫花が立ち止まった。

「ここがわたしのマンション。古いけど、居心地はいいわよ。男の人を招き入れるのは初めてだから、心しておくように」

部屋は最上階の五階だった。古いマンションではあるけれど、手入れが行き届いていて気持のよさがある。

エレベーターは動きが遅かった。それも姫花と一緒なら気にならない。密室空間に充満する甘い香りにうっとりしていた。

部屋に入った。焦げ茶色を基調にした落ち着いた雰囲気だ。五メートルほどの長い廊下を歩く。左右の壁には絵や写真が飾られている。ガラスを嵌《は》め込んだドアの向こうがリビンググルームだ。

「SMの道具がたくさん置いてあるんだろうと想像していましたけど、ぜんぜん、そういうものはないんですね」

「家には仕事を持ち込まないの」

「ということは、この部屋では女王様ではないんですね」

「物事を単純に考えすぎないほうがいいわよ。人は多面的な存在なの。女王様の時もあれば、ごく普通のやさしい女の子の時もあるの」

「やっぱり、そうなんでしょうね」

「男の人にとっても、いろいろな顔を持つ女のほうがスリリングじゃない？　毎日毎日、いつだってSMの気分だとうんざりするはずよ」

姫花がリビングのドアを開けた。

この部屋も白と焦げ茶色のシンプルで落ち着いた内装だ。L字形のソファとガラステーブルが置いてあり、壁には大画面の4Kテレビが掛かっている。

姫花と向かい合う。ヒールを履いている時は見下ろされるが、脱ぐと彼女のほうが十センチ近く小さい。威圧感はなく、可愛らしさを感じる。

「意外と小さいんですね」

「気づかなかった？」

「お店にいる時の姫花さんって、女王様のオーラがあるから大きく見えるんですよ」

「家に帰ってヒールを脱ぐと、意識が変わって小さくなるみたいね」

姫花の穏やかな微笑に、岸谷はドキリとした。

こんな感覚は初めてだ。胸が熱くなった。

恋心が芽生えた瞬間だ。

勢いに任せて抱きしめようと一歩踏み込んだ。ところが、彼女は背中を見せながら、照れたような笑い声をあげた。男を相手に夜の世界を生きてきただけのことはある。剥き出しにした男の想いをさらりとかわす。

「ダメでしょう、そういうことは。落ち着いて話をしたいと言うから、ここに連れてきたのよ」

「そうですよね、すみません。ぼく、舞い上がっていました。姫花さんとふたりっきりになれたチャンスを逃したくなくて……」

「反省した？」

「はい」

「それならよろしい。部屋にいていいわよ」

岸谷は自分の性格を、嫌になるほどわかっている。拒絶されると、途端に気力もやる気も萎えてしまう。つまり、強気に出てくる女性に弱いのだ。

「いきなり、シュンとなって、君らしくないなあ。元気な青年でしょう？」

「これが本当のぼくです」

「わたしが知っている岸谷さんは、女性に対して好奇心が強くて、性欲も強くて、自信に満ちた男性なんだけどなあ」

「本当のぼくは、ウジウジと考える性格で、女性と向かい合っている時は、何かを指摘されるんじゃないかってビクビクしているんです」

「君って正直だなあ」

姫花がソファに座りながら、にっこりと微笑んだ。ここに座りなさいとの意味を込めて、隣の座面を軽く叩いた。

「正直言って、ぼくみたいな、女性に対して自信のない、モテない男が、女性を相手にする仕事ができるとは思っていなかったんです。今にして思うと、好奇心が背中を押してくれた感じです」

「とにかく座りなさい」

命令口調ではない。あくまでもやさしい。

「君、自分がやっていた夜の仕事、天職だと思わなかった？」

「楽しかったですよ、実際のところ。苦しいとか辛いとは感じませんでした。でも、天職とまでは……」

「君、いつだったか、この仕事のことを『人のためになる仕事なんですね』と言ったでしょう？　そんなこと、昼の仕事で感じたことがあった？」

「一度もなかったとは言えません。だけど、最近はないですね」

「六本木の店にくる時の君は、いつも、疲れ果てた顔をしていたわ。淀んだ目をしていて、何が楽しくて生きているのかわからない感じだった。それが、夜の仕事をする時は、別人になっていたのよ」

「セックスが好きだからです」

岸谷は否定しながらも、姫花の言うとおりだと思った。夜の特別な枠の中にいる時だけ、生きている実感があった。

「こんな世界もあると、姫花さんが導いて教えてくれたんです」

「君のことが可愛いくて仕方ないから、そばに置いておきたくなったの」

姫花の言葉に胸が熱くなった。

なんて可愛らしくて素敵な告白なのだろう。

彼女のそばにいたいという思いが強まった。

彼女を抱きしめた。今度はかわされなかった。

「わたしは仕事で女王様をやっているけど、プライベートでは普通の感覚の女よ。だから、これまでつきあった人は、ＳＭのマニアではなかったし、その類いのプレーもしたことがないわ」

「信じられないなあ」

「君に嘘はつかない。お客様には盛り上げるために都合のいいことを言うけど、君にはそんなことはしない……」

岸谷は全身が火照るのを感じた。

これは姫花の告白だ。

うれしいというよりも、どうして自分みたいな男でいいのかという驚きのほうが強かった。彼女を狙っている川口所長のほうが頼りになるだろうし、自由になるお金だって、ずっとあるだろうに。独身か既婚かは、彼女の選択にはさほど意味を持たないはずだ。

顔を寄せた。姫花はゆっくりと目を閉じ、くちびるを半開きにした。

彼女は店では客とキスをしない。ショーの時もだ。夜の仕事ではキスをしていたが、目を大きく見開いたままで、冷静さを表情の奥に滲ませていた。

今は違う。しなだれかかってくる重みが、信頼の意思表示に思える。相思相愛なのかと思ってワクワクする。

「ぼくみたいなつまらない男でいいんですか？　本当に信じていいんでしょうか」

「嘘はつかないって言ったはずだけど」

「姫花さんにふさわしい男なら、他にいくらでもいるはずです。なにも、車の営業マンを選ばなくてもいいんじゃないですか……。すみません、選ばれることに馴れていなくて、つい、こんな愚痴っぽい言い方になっちゃうんです。本当は跳び上がりたいくらいにうれしいんです」

「だったら、そうすればいいのに。素直で正直なところが、君のいちばんの魅力なはずよ」

彼女の言葉に勇気づけられた。

くちびるを寄せていく。勇気がなければできないことだと思う。それほどまでに、姫花の存在が大きかった。彼女の前では自分が小さく自信のない男になっていた。

顔が重なる五センチ手前で、岸谷は動きを止めた。

「わたしのことが怖いの？」

岸谷の心を見透かしたかのように核心を突く。

「怖いですよ、そりゃ。女王様ですから。ヘタなことをしたら、怒られそうだもの。しかも、どのあたりに怒りのポイントがあるのかもわからない」

「基本的に、君は間違っているわよ。わたしは怖くない。心を許す男の人の前では、普通の女の子になるの」

ぼくが姫花に恋したように、姫花もぼくに恋している。そう信じよう。

キスをした。姫花のくちびるを味わう。弾力の中にあるやわらかさが心地いい。舌は小さくて繊細だ。強く吸ったら千切れてしまいそうだ。

ジャケットとブラウスを脱がした。ボルドー色のブラジャーが現れた。金色のバラの刺繍があしらってありゴージャスだ。

下着ひとつとっても、今までつきあってきた女とは違う。別格だ。姫花は間違いなく最上位のステージにいる女性だ。そんな女を自分の好きなように愛撫できていることがうれしいし、その事実に興奮する。

「姫花さんに感謝しています。夜の世界に誘ってくれて」

この場所は、岸谷だけの席である。正社員として働いている営業所での辛い立場とは違う。そちらの仕事は、ほかの誰かでもできる、替えがきく仕事なのだ。

その現実を、ずっとうやむやにしてきた。その結果が、自信のなさにつながった。仕事だけではない。女性に対してもだ。

ブラジャーのホックを外す。深かった谷間がわずかに浅くなる。それでも上品さが損なわれることはない。姫花の体はどんな場合でも品があって美しい。

スカートを脱がした。ショーツはブラジャーと同じデザインだ。小さな面積しかない陰毛の茂みが透けて見える。下着姿を眺めているだけでも、絶頂までいける気がする。

「きれいですね、やっぱり」

「今さら何を言っているの。これまで何度も見ているでしょう？　お店でも夜の仕事の時でも」

「印象が違います、ぜんぜん」

体のすべてが自然でのびやかだ。女王様という仕事柄、エロスをまとっている感じだけれど、今はそういったものを剝ぎ取っている。

「何か言って……。黙って見ていられると恥ずかしいわ」

姫花は恥じらって腕組みをして乳房を隠す。乙女の反応だ。女王様でいる時には絶対に見られないものだ。

「ベッドに行きませんか」

「それもいいけど、汗をかいちゃったから、シャワーを浴びてからがいいな」

「だったら、ふたりで入りましょうよ」

「いいわよ。ふふっ、楽しそう」

「だけど、その前に、ぼくにも挨拶をしてくれますか」

姫花は床に腰を落とし、ソファに寄りかかった岸谷の足の間に入った。

陰茎はそそり立っている。背景が漆喰《しっくい》の白い壁なので、隆々《りゅうりゅう》とした逞しい姿に浮き上がって見える。

「ああっ、おっきい。こんなに大きかったかな、岸谷君のモノって」

「小さかったと思います。ただ、今は伸び伸びとしているせいか、いつもより大きくなっている気がします」

「そんなことがあるんだ。男の人の体って不思議だなあ。たくさん見てきて、わかったつもりになっていたけど、まだまだ知らないことが多いなあ」

姫花の頭を撫でようとしたところで手を止めた。

岸谷は彼女自身のことを教えてもらっていないのに気づいた。知っていることといったら、名古屋出身で、美大を卒業したという程度だ。二十八歳と聞いたけれど、実年齢は知らない。

「姫花さんの名前、何でしたっけ」

「何って、何？　知らないはずよ、教えていないから。聞きたいの？」

「名前だけじゃなくて齢も」

「藤野由紀子《ふじのゆきこ》、齢は店で言っているとおり二十八歳。名古屋市内で生まれ育って、東京の美大を出たの。名前は絶対に洩らさないでよ。所長にも黙っていてね。君にだけだから」

岸谷はその言葉に満足した。信頼を培うために、互いのことを隠さずに教え合う必要がある。それを厭《いと》わないことが、より深い信頼感につながるのだ。そして、キスをすれば信頼がさらに深まり、セックスに至れば信頼は絆になっていく。

「舐めてほしいな、由紀子に」

敢えて彼女の本名で頼んだ。信頼を深めるためにだ。ふたりではじめる仕事には、強い信頼関係が必要なのだ。

彼女は長い髪を掻き上げる。上品な茶色の髪が美しい。開いたくちびるが妖しく輝く。発色のいい口紅が男の欲望を刺激することがわかっているからこそ、彼女はそれを厚めに塗っている。

「姫花さんは上手だけど、由紀子さんはヘタよ。それでもいい？　姫花さんの得意技に、お口の強烈吸引っていうのがあるくらいなんだから」

姫花は舌を出して誘うようにゆっくりと動かす。そうしながら、陰茎をしごく。速くしたりゆっくりしたりと、速さを変える。

「舐めると、気持がいいのね。どこが気持いい？」

「先端とその裏側です。それとつけ根。それと、袋のあたりも」

「全部じゃない。欲張り過ぎ」

「由紀子さんの女心って、男の喜びが自分の喜びになるっていう精神構造にはなっていないのかな」

彼女は顔を伏せ、長い髪を右手でたくし上げながらくちびるを陰茎に寄せた。

「好きよ、舐めるの。夢中になると、いつまでも舐めていたいって思っちゃう」

「最高はどれくらい？」

「一時間以上は舐めつづけていたことがあるわ。もちろん、若い時だけど」

「今、味わいたいな」

「シャワーに行くんでしょ？」

彼女はうまいタイミングで言って、立ち上がった。こういう時でも乳房を隠すしぐさは、品があって美しい。

2

岸谷は先にひとりで浴室に入った。洗い場も清潔だ。シャワーを流しはじめると、姫花が入ってきた。

彼女は半身になって陰部を隠している。豊満な乳房は張りがあって、動くたびに波打つように揺れる。上向き加減の乳首は桜色を残していて可憐だ。

見事なプロポーションが愛おしい。岸谷はそんなふうに感じてしまう自分に照れてしまって、はにかんだ笑みを浮かべた。

「何が可笑しいの？　太ったなんて言ったら許さないから」

「参ったな、わかっちゃいましたか」

「こら、こらっ」

姫花は親しげな笑みを浮かべながら、シャワーの湯を岸谷の顔にかけた。

浴室にふたりの華やいだ声が響く。姫花とこんなにも愛らしいやりとりができることに幸せを感じる。

「姫花さんって不思議な人ですよね。自覚してないでしょうけど、会うたびに印象が変わるんです」

「悪いほうに？」

「まさか、その逆です。夜の仕事をしている人って、消耗の度合いが大きいと思うんです。なのに、会うたびに輝きが増しています」

彼女の乳首の先端をすっと撫でた。

小さめの乳首が小刻みに震えた。瞼を薄く閉じた表情はうっとりとしている。これは演技ではない。ショーで見せるような、大げさな吐息はない。目はとろんとしていて、気持よさに浸っているようだ。

目の前にいるのは、姫花ではなくて藤野由紀子なのだ。そう思うと、感動にも似た喜びが全身に広がる。姫花を今、独占している。所長が果たせなかった思いを、若造の自分が叶えているのだ。

彼女はシャワーの水栓を壁にかけ、ボディソープをスポンジにつけて泡立てる。岸谷に座るようにうながし、背中をやさしく丁寧に洗いはじめる。

「男の人の体を洗うのって、わたしの人生で二回目。まさか、こんな日が来るとは思わなかったなあ」

「女王様にやらせてしまうなんて、ぼくは気が利かない男ですね。ぼくがやるほうがしっくりときますよ」

「いいから気にしないで。君を洗ってあげたいの」

彼女の素直な声に、嘘はない。これも姫花ではなく、藤野由紀子という女性が言っていることだ。

姫花は腰を下ろして、スポンジを股間に当てた。

動かし方が慎重だ。女王様の時にはいくらでも陰茎をぞんざいに扱えるのに、今は怖々といった雰囲気がうかがえる。馴れていないのは本当らしい。

「わたしは、スポンジよりも、手で直接洗うほうが好きかな。そのほうが、男の人の生々しさをはっきりと感じられるの」

「いつだって、男は生々しいと思います……」

「最近の男って覇気《はき》がなくて、無味無臭って感じ。一発当ててやるとか、この女を絶対に落とすとか、成功して金持ちになるとか、美女を連れて美味《うま》いものを腹一杯食いたいとか、とにかく自分なりの強い願望を持っている気がしない」

「ガツガツしていなくてスマートだと思いますけど……。ギラギラしているほうがよくて、スマートが悪いんですか？」

「悪い。ほんとに悪い。男から生々しさがなくなれば、動物としての魅力もなくなるんだから。だけど、君は生々しいわ。とってもいい感じよ。わたしはそういう男のほうが信用できると思っているの」

岸谷は素直に彼女の言葉を受け取めた。うれしかった。姫花に認められた気がした。面白いことに、勃起が強まった。男としての自信のおかげだ。

シャワーで泡を洗い流す。姫花は陰茎をしごくことを忘れないし、シャワーを陰茎の先の敏感なところに当てたりもする。

姫花の細い指が陰茎を水平にした。

くちびるが開く。ゆっくりと陰茎をくわえていく。

　姫花はため息をついて、岸谷を見上げた。化粧を落としたせいか、ごく普通の二十代後半の女性に見える。清楚で可憐《かれん》だ。世慣れた感じはしないし、夜の世界で働いているようにも見えない。

「やっぱり、大きい」

「ぼくは、どういう存在ですか」

「ははっ、何言ってるのよ……」

「もう一度訊きます。姫花さんは、ぼくに何を求めて、部屋に招いてくれて、体を洗ってくれているんですか」

「今はそういうことは気にしなくていいんじゃないかな」

　姫花ははぐらかすが、岸谷はしつこく訊く。

「あいまいな関係ってよくないと思うんです。きちんと言葉にしてほしいですよ。単なる友だちとか仕事のつきあいとか、深い関係だけど友だちとか、って」

「焦って答を出すとろくな結果にならないの。そんなことより、今のこの時間を大切にしたほうがいいと思うけど。二度と訪れないかもしれないでしょう？」

　姫花のその言葉に、岸谷はもう訊くのを諦めた。腰を突き出し、舐めてほしいと訴えた。

「やっと、わたしと親しくなることに集中してくれるのね」

「その言葉は、姫花さんではなくて、藤野由紀子さんが言っているんですか」

「君の言わんとしている意味はわかるけど、わたしは二重人格ではないの」

「ぼくは女性との関係をはっきりさせないと、気持を込めたセックスができないタチなんです」

「仕事でもそんなふうなの？」

「違いますから、安心していいですよ。仕事では、相手はサービスを享受する立場であって、ぼくは相手を満足させる立場です。両者の立場の違いは歴然としています。だから、心が揺らぐことなく仕事に没入できるんです」

「だったら今は、プライベートと割り切って没入してほしいな」

ここまで言ってくれるのだから、今は姫花を信じよう。岸谷は、ようやく腹を決めた。この先、罠や落とし穴があったとしても後悔しないと自分に言い聞かせた。

姫花を立ち上がらせた。

彼女の口を塞ぐように、くちびるを重ねた。

豊満な乳房を鷲摑みにして押し込む。揉むというよりも荒々しくほぐすといったほうが正確だ。姫花は苦痛を堪えた呻き声を口の端から洩らす。

「今の気分を教えてくれますか。客に痛みを与えてきた女王様が、今は痛みに耐える女になっているんです」

「君って、意地悪？　ハードサドはハードマゾでもあるの。逆もまた真なりという言葉、君もどこかで聞いたことがあるでしょう？　それと同じ」

「サドかマゾかなんて、どうだっていいんです。姫花さんの女の心がどんなふうに感じているかってことなんです」

「わたし、君のそういうところが好きなの。媚《こ》びるところがないのよね。信用できるかどうかは、媚びているかいないか、日和っているかいないかだと思っているの」

「ぼくは媚びませんよ。敬意は表しますけどね」

「わたしを目当てに店に来る客はたいがい、わたしに気に入られようとするの。それって、つまらないんだなあ。媚びている人が何を言っても、わたしの心には響いてこない。だからきっと、君が輝いて見えたのよ」

揉まれた乳房にうっすらと指の跡が浮かび上がった。姫花はそれを愛おしそうに撫でた。痛みを鎮めようというわけではない。自分に対する男の激情の印だと思うからだ。

「普通の女性なんですね、姫花さんは」

「自分でそう思っていても、他の人に面と向かって指摘されるのは嫌な感じ」

姫花は正直だ。誰だって、平凡な人だと言われたくはない。

ビジネスパートナーといっても、こういうやりとりをしながら信頼を培っていくのだと思うし、このやりとり抜きには信頼関係は築けないとも思う。

姫花がやろうとしている夜の仕事は、経営者と従業員という契約の関係だけでは成り立たない。円満に長くつづけるには、金を儲けることだけでは無理だ。結びつきを強めないといけない。それは、絆と言い換えてもいい。

所長の場合、絆を結べる相手ではなかった。彼は姫花のことをビジネスパートナーと言っていたが、愛人だと思っている口ぶりだった。にもかかわらず、内心では、姫花も夜の仕事も軽蔑していることは明らかだった。

「わたしも洗ってほしいな」

姫花からスポンジを受け取った。彼女を座らせ、背中側に回り込んだ。

初めてだ、女性を洗うのは。

絹のようになめらかな肌だ。肌理《きめ》が細かくてしっとりとしていて、湯だけでなく石鹸の泡さえも弾いている。

「抱き合っている時には気づきませんけど、洗っていると、女の人の体って華奢だなってつくづく思います」

「だから、大切にしないといけないのよ」

「強く抱きしめたら骨が折れちゃいそうで心配になります。でも、ほんとに抱きしめたら、そんなことは忘れますけど」

彼女の腋の下にも丹念にスポンジを当てる。別段変わったことをやっているわけではないのに、女の秘所を探っているような妖しい気持になる。腋の下と陰部には共通するいかがわしさを感じてしまう。

「ああっ、いやらしい……」

姫花は体をくねらせた。まとわりつくような妖しい吐息が浴室に響く。ウエストがエロティックによじれる。

陰茎が姫花の背中に触れた。背骨に沿った凹みに、充実した若々しさが宿る。幹を押しつけ、彼女のぬくもりを味わう。これも初めてだ。浴室に濃密な空気が満ちる。

「わたしの背中で勝手に好きなことをやっているみたいじゃない。それって、わたしへの愛撫？　それともオナニー？」

「どっちもです。姫花さんの背中があまりにもスベスベして気持ちいいから、つい、やっちゃいました。これも興奮します」

「つまり、それはオナニーってことね。いい根性しているわね」

「好きだと思うと、いろいろな発想が浮かんでくるもんです。背中でオナニーなんて、これまで考えたこともないですよ」

「その感覚、忘れないこと。それがお客様を愉しませることに通じるの。わたしを好きになったように、深夜に会う人も好きになって。そうすれば、必ず、愉しんでもらえるし、愉しめるようになるわ」

「姫花さんの言いたいことはわかりましたけど、ちょっと変な気分だなあ。レクチャーを受けているみたいですよ」

「どんなふうに受け取めてもいいけど、素直に聞いていれば、君の心は間違いなく豊かになるし成長もするわ」

「ははっ、やっぱりレクチャーだ。愛のレクチャーだ」

明るく冗談めかして言い、止めていた右手を動かした。

3

姫花とではなく、由紀子とのセックスは初めてだ。

シャワーの水栓を壁から外し、洗い場に転がした。湯が床を流れる。

「由紀子さん、ここに横になってください。ぼく、我慢できません」

岸谷は、横たわった彼女の足の間に体を入れた。シャワーの湯は彼女の肩口に当たり、背中を流れていく。これなら寒くない。

岸谷は体を重ねた。

姫花のしなやかな肢体から、やさしいぬくもりが伝わる。

恋人同士のような気持になる。それを意識させるかのように、彼女の両手は岸谷の背中をしっかりと抱きしめている。

快楽は目の前にある。求めようと思えば得られるし、まだまだと思えば待っていられる。男にとっては極上の時だ。

「キスしたいな。両想いの恋人同士がするような、熱烈で濃厚なやつを」

仰向けのままで、姫花は穏やかに微笑む。慈しみに満ちた眼差しを送る。まさしく、恋人のそれだ。

「男の人が本気になれば、女は応えるものよ。本気で求めて、本気でキスをしたことがないんじゃない？　女はそういう時、素直で愛らしくなるの」

「素晴らしいなあ、姫花さんは。由紀子さんって言ったほうがいいかな。男のやる気を奮い立たせてくれる言葉です」

岸谷は舌を差し出しながら姫花の口に触れた。

舌先が絡み合う。姫花の舌の動きはやさしい。愛が感じられる。

「キス、極上です。口だけじゃなくて、心まで気持よくなって、ふわふわとした気持になっちゃいます」

「よかった……。君にそうなってほしいっていう心からのキスだから。これは仕事用ではなくて、思いやりと愛がいっぱい詰まった由紀子からのキスよ」

「寒くないですか」

「君とだったら、寒くても我慢する」

「ぼく、うれしいです。姫花さんの女の部分に触れられて……。こういう部分を見せてくれなかったら、信頼は深まらなかった気がします」

「そういうもの？」

姫花の漠然とした問いに、岸谷は微笑みながらうなずいた。

勝手な思い込みだが、他人には見せない心の一面を見せてくれる相手ほど、正直で信頼できる人物だと思っている。

「君はわたしとパートナーになれる？」

「はい、きっと」

絶対という言葉を言いかけたが、すんでのところで抑えた。強い意味のある言葉を遣うと、かえって嘘臭くなる気がしたのだ。

「ひとつ、訊いていいですか？」

「なんなりと、どうぞ。パートナーになるからには、ちょっとでも疑問があってはいけないわ」

「姫花さんは、なぜ、この仕事をするんですか？　六本木の店からの流れだとはわかるんですが、意義とか使命感といったものがあれば知りたいんです」

「生きるため。これではダメかな。もっと高尚な理由がないといけない？」

姫花は言い切った。開き直ったような言い方の奥に本心が隠れているのを感じて、岸谷は首を横に振った。

「ダメです。体を張るからには、高尚な理由が必要なんです」

「そんな難しいことを、今言わないといけない？　体が君をほしがっているのに？」

「この仕事を数ヵ月経験してわかったことがあります。体だけを酷使するんじゃない。心まで酷使しています。高尚な理由があれば、酷使した心が病むことはないと思うんです」

「生きるためという理由は、高尚ではないの？」

「はした金のために、身も心も売りたくはないってことです。わかるでしょう？　高潔な目的のためになら心身を投げ出せても、お金のためには投げ出さない」

岸谷は胸に秘めてきた言葉を吐き出した。しかし、言ったからといってモヤモヤは消えない。

「だったら、どうして今までアルバイトがつづけられたの？　高尚な理由なんてなかったはずよ」

「ありました、ぼくなりに。だから、アルバイト料については何も言わなかったんです」

「そうだったんだ……。アルバイト代に満足しているのかと思っていたわ。鈍感なわたしのために、君の高尚な理由を教えてもらえるかな」

「最初の頃は昼間の仕事、車を売るためでした。次は、性欲への好奇心からでした。そのうちに、性に対して常に渇望している人たちがいることがわかってきて、その人たちへの奉仕だと思うようになったんです」

「有料の奉仕。それが君を支える高尚な理由？」

たっぷりと皮肉が混じっていたが、岸谷はうなずいただけだった。

「君は、少年が抱くような大志をほしがっているのね。純粋だなあ、三十歳にもなっているのに。君は自分のことがわかっていないのね」

「何をわかれっていうんですか？　ちょっと嫌な感じです。大人の捨て台詞って、たいがいその言葉ですよ。それを姫花さんも使うんですね」

「大人なら必ず、覚悟すべき時があるの。そして、何を覚悟するかで人生が変わっていく。そういうことがわからない人は、半人前ってこと」

「ぼくは半人前？」

「一人前だと思っていたけど、今はわからなくなったな」

彼女は足を大きく開き、腰を上下させた。話を終わらせたいのか、話よりもセックスに興味が移ったのか。

岸谷はまだ話したりない。仕事のこともふたりの関係についても中途半端だ。もっと話したい。しかし、そんな思惑を打ち砕くように、姫花が起き上がり、岸谷を仰向けにした。

姫花が男の小さな乳首に吸いつく。くちびる全体で乳輪を覆いながら、屹立している陰茎をきつく握った。

「好きな人に舐めてもらえるなんて、ぼくは幸せです。しかも、仕事まで一緒にできるなんて……」

「半人前と仕事するのは大変だわ。いつになったら、一人前になるのかな」

「ぼくとしては、すっかり一人前ですけど」

「ほんと一人前ね、おちんちんだけは」

姫花はくすくすっと穏やかな笑い声を洩らした。

幸せな時が流れているのを実感する。新たな仕事への希望も胸に満ちている。それらが全身に活力を与え、陰茎をそそり立たせる力にもなっている。

「いきたくなってきました……。姫花さんと由紀子さんの口に出したい」

「大胆なことを言うわね。わたしはこれでも女王様をやっているのよ。しかも、ビジネスパートナーになろうっていう相手でもあるのに……」

「やっぱり、まずかったですね」

「諦める？　わたしがちょっと言っただけで諦めるということは、その程度の欲望だということ？」

「挑発しないでください。ぼくは慎み深い男なんです」

「わたしは、君を求めているのよ。君にそれがどこまでわかっているの？　これからはじめる仕事は、才能豊かな君がいないと成り立たない。君だって、人生を変えたいと願っている。慎み深ければよし、というものではないはずよ」

「とりあえず、一緒に頑張りましょう。挑発抜きで」

最後の言葉は冗談のつもりだったが、姫花はクスリともしなかった。陰茎を口の奥深くまでふくむと、むさぼるように吸いはじめた。

岸谷は目を閉じ、自分の行く末を思った。

大学は第一志望ではなかった。第三志望の、いわば、滑り止めに受けた大学に行くことになった。今働いている自動車販売会社も、第一志望ではない。百社以上にエントリーシートを送り、引っかかった会社に入っただけだ。まさか自分が車を売るとは想像していなかった。

サラリーマンになってわかったことがある。働くということは、お金を得るためにやっていることだと。働くことが人生の生き甲斐にはなっていなかった。なので、精神的にはきつかった。

姫花と出会ったことで、行く末が少しずつ変わってきているのを感じる。不安がないわけではない。それよりも、変化していることが心地いい。この心地よさに惹かれて、夜の仕事もいいと思うようになったのだ。

川口所長の前任で、ゴルフ好きだった松村《まつむら》所長が言っていたことを思い出す。ヘタの横好きではなくて、クラブチャンピオンになったことのある実力派ゴルファーだ。

『ゴルフで面白いのはシャフト選びなんだ。岸谷もゴルフをはじめてみればわかるぞ。シャフトには流行があるけど、そんなものに影響されているようではまだまだな。最終的には、自分が心地いいと感じられるシャフトを選べるようになってみろ。そうすると、ゴルフのスイングが楽しくなるんだ』

松村は楽しそうに言っていた。その時は、趣味の話をする時は仕事を忘れて嬉々とするんだなと思っていただけだが、今はしみじみと心に響く。『心地いいと感じられる仕事を選べば、働くことも生きることも楽しくなる』前所長の言葉を置き換えるとそうなる。

心地いいことを選ぼう。苦しいことを我慢することにも価値はあるけれど、苦しさだけではつづかない。ゴルフをしない岸谷に、松村はこうも言った。

『ミスショットするのはしょっちゅうだ。でもな、気持よく振れるシャフトでプレーしているかぎり、めげない。次のショットを頑張ろうと、気持が奮い立つんだよ』

松村の言葉を教訓とするなら、気持が奮い立つような仕事を選ぶべきだということだ。八年間、車の販売をしてきたけれど、この仕事で奮い立ったことはない。怒りや悲しみ、辛さで絶望感を味わうことはあってもだ。

数ヵ月の夜の仕事ではどうだったか。

奮い立つことが何度もあった。馴れない仕事をうまくやろうと、無意識のうちに頑張ろうという前向きな気持になっていた。

きっと、この仕事が好きなのだ。

人の喜びに直につながるのが、好きな理由なのか。

理由はいくらでもつけられそうだけれど、岸谷は考えなかった。　好きなものは好き。それで十分だ。

「仕事をするために必要な高尚な理由でも考えているの？」

姫花が訊く。くちびるの横に陰茎がそそり立っている。

違和感がないのが面白い。岸谷がくすくすっと笑い声をあげると、姫花が愛おしそうな眼差しを送ってきた。

「うれしそうな笑い声。少しは、気持が楽になったのかな」

「すごいなあ、姫花さんは。声の調子で、ぼくの気持がわかるんですね」

「思いやりがあれば、そんなことはわかるもの。君だって、わたしが不機嫌だとか怒っているとか、うれしそうだってことくらいはわかるでしょう？」

「そりゃ、もちろん。女王様にはいつもご機嫌な気分でいてほしいですからね」

「で、どう？　女王様が誘った仕事、できそう？」

「ええ、たぶん」

「頼りない返事。やっぱり、高尚な理由が必要なのかな。お題目がないと動けない人なのね、君は」

「違いますって。がっかりしないでくださいよ。ぼくはようやくわかってきたんです。自分にとって何が大切かが」

「おちんちんを舐められながら、仕事のことをしっかりと考えていたのね？」

「先々のことまで思い描いていました」

「何十年も先のことまで考えていたのね。そこまでは、わたし、責任取れない。それでもいい？」

「いいですよ」

「ほんと？」

姫花に念を押されて、岸谷は力強くうなずいた。彼女を見つめる目に自然と力が入り、眼差しは強いものになっていた。

自分が心地よく生きたいからこの仕事をやるのだ。

今はこう言い切ることができる。姫花のためでも、客のためでもない。高尚な理由も必要ない。自身の充実のためなのだ。

岸谷は真理を見つけた気がした。

晴れがましい。

陰茎は硬くなり、幹には血管や筋が浮き上がるほどに膨脹している。

「ああっ、すごい。カチカチよ。やりたくなってきたでしょう？　ねえ、入れてもいい？

わたし、我慢できなくなってきちゃった」

姫花は起き上がると、岸谷の下半身にまたがった。陰茎を垂直に立てると、自分から腰を落とした。

「わたしを由紀子って呼んで……。ああっ、わたし、素《す》の自分を見せたのは、あなたが初めてかもしれない……」

上体を反らせながら感極まった声をあげた。豊かな乳房が右と左で微妙に違う動きをする。彼女の言っていることに嘘はないだろう。

「この後、君に見せたいものがあるの。その前に、一緒に最高の満足を味わいましょう。ねっ、お願い」

姫花はうっとりとした眼差しを向けると、腰をそれまでより激しく振った。ここまで姫花が乱れる姿を見たのは初めてだ。

第九章　新しい枠組み

1

土曜日の午後八時。

退社時刻になった途端、岸谷は帰り支度をはじめた。「今夜、飲まないか」。同僚が誘ってきたけれど、愛想笑いを浮かべて首を横に振って営業所を出る。この間、一分しか経っていない。

渋谷駅まで歩いて出て、六本木方面に向かうバスに乗った。

目的の場所は、西麻布にかまえた夜の仕事のための事務所だ。費用のすべてを姫花が用意してくれたが、それでも岸谷は共同経営者という立場だ。あくまでも姫花の厚意であって、ここに裏の企みなどは存在しない。

事務所を開いてからまだ三日しか経っていないが、岸谷は今まで味わったことのない充実感を得ていた。毎日が楽しい。

午後九時。事務所に入るが、姫花はいない。彼女は六本木の店に出ている。1LDKのリビングにデスクを置き、六畳の部屋のほうはスタッフの待機場所とした。広いとはいえないが、電話応対が主の事務所としては十分だ。

午後九時十五分。来客を知らせるチャイムが鳴った。

野口《のぐち》リカコだ。彼女はIT系の会社で派遣のエンジニアをしているが、土曜は休みなので暇つぶしに訪ねると、事前に連絡があった。彼女はひとりだ。元恋人の有村と一緒ではないらしい。

オートロックを解除し、部屋に招き入れた。彼女にこれからの展望を伝えた。こうなった経緯はすでに姫花が話していた。

「いきなりで悪いんだけど、ギャラの配分はどうするのかしら。姫花さんがやっていた頃と同じでいいんでしょう?」

岸谷は説明する。お客からいただいた額の三分の一を事務所が取り、残りの三分の二をリカコが受け取る。そう言《い》うと、彼女は納得した。

お湯を沸かし、緑茶を淹れる。経営に携わるようになったら、こうした細々《こまごま》したことは丁寧にすると決めていた。時間やお金はかかるけれど、このほうが絶対に信頼される。

経費節減ばかりを考えている川口所長ならば、間違いなくペットボトルを買ってきて済ませるだろう。岸谷はそんなことはしない。効率さえ良ければそれでいいとは思っていないからだ。

「それにしても、まさか岸谷さんが本格的に夜の仕事をはじめるとは思わなかったわ。どういう心境の変化があったの？」

リカコはお茶をすすった後、ソファの背もたれに寄りかかった。ゆっくりと足を組む。目の前の男の視線を意識したしぐさだ。

リカコの膝が目の端に入ってくるが、岸谷は気にする素振りをみせない。きれいな足に目がいきそうになるのを必死の思いで抑える。

「この状況って、すごく可笑しい。大声で笑ってもいいレベル」

リカコが口元を手で隠して笑う。顔がみるみるうちに赤く染まる。大きな笑い声を出さないように堪えている。

「何？　可笑しいことをしたつもりではないんだけど」

岸谷が戸惑っていると、リカコが笑いながら説明をはじめた。

「だって、この仕事を仕切る立場になった途端、岸谷さんは自分の気持を抑えるようになったんだもの」

「抑えてなんかいないよ。やりたいから、この仕事をはじめたんだし」

「そう？　それならどうして、わたしの足を見るのをためらったの？　どうしておっぱいを見ないように視線をゆらゆらと動かしているの？」

「だって、悪いから」

「何、それ。気取っているの？　つまらないじゃない」

「尊重しているつもりなんだけど。それをつまらないと言われても」

「あーあっ」

リカコがつまらなそうにため息をつき、不満そうに頬を膨らませた。そうすることで、何かを伝えようとしているが、岸谷はそれが摑めない。紳士的であろうとしていることがつまらないと言われても困る。

「この仕事を成功させようとしているのはわかるけど、岸谷さんが立派になってはいけないと思うんだ」

リカコはさらりと言った。

彼女は組んでいた足を解き、岸谷の目を見つめながら、膝をゆっくりと開いた。十五センチほどの間隔になったところで、くすくすっと笑い声を洩らした。

「ここまで挑発しても、あなたは見ないんだ。わたしって、魅力ないんだな」

「違うって……。働いてもらう女性をスケベな目で見たらいけないだろう？」

「わたしに言わせれば、それは昼の仕事の価値観。夜の価値観は違うわ」

「夜の価値観と言われても、正直、わからない。実働三日目だしね」

「うーん」

リカコは難しい顔をした。ひと呼吸置いた後、口を開いた。膝は相変わらず広げたり閉じたりして、岸谷の視線を誘っている。

太ももの奥は見えそうで見えない。ベージュのストッキングの色合いが、奥にいくにつれて濃く深くなっている。ごくごくありがちな光景のはずなのに、刺激が強くて股間がズキズキする。

「昼と夜の価値観を変えないといけないんじゃない？　これが岸谷さんよりも少し先輩のわたしからのアドバイス」

「他人様のためになるように真面目に仕事をするっていうことでは、昼も夜も関係ないと思うけど……。違う？」

「真面目に仕事をするのは当たり前。そんなことを言っているんじゃないの。夜の世界に、昼の倫理観を持ち込んだら窮屈になって、自由な発想ができなくなるってこと」

「確かにそうかも……」

岸谷はうなずいたものの、内心では違うと思っていた。昼も夜も関係ない。他人様のためと思っていれば、その気持は必ず、相手に通じるはずだ。自由な発想がなければ客を満足させられない、というわけではない。

リカコは言い張る。

「わたしみたいに派遣生活が長くて、生活するためにいろいろな知恵を使ってきた者からすると、普通の仕事をつづけてきた人って、頭が固くなっているのよね」

「自分では、やわらかいと思っているんだけどな」

「ホントかなあ。なのに、エッチな雰囲気になることを拒むの？　大好きでしょう？　女の心も体も」

「乱れるのは客であって、ぼくたちではないと思うんだ。事務所でエッチな視線を送るのはよくない。絶対によくない。倫理規程が厳しい会社だったら、スカートの中を見ようとしたら、即、セクハラで懲罰がくだるよ」

「そのとおり。今の世の中、性的なことって厳しいわよね。だからこそ、わたしたちが必要なの。抑えつけられている欲望を解き放ってあげられるのは、わたしたちにしかできないもの」

「そのとおりだ」

「なのに、あなたは倫理委員会の委員長みたいに規制している。矛盾しているわ」

「仲間内で乱れたら、悪い影響しか出ないよ。内に厳しく、外にやさしく。それでこそ、社会に役立つ会社になるんじゃないかな」

「話が嚙み合わないなあ。こんなにも頭の固い人だとは思わなかった」

リカコは大きな伸びをした。豊かな乳房を強調してみせようという意図が見えたので、岸谷はさりげなく視線を外した。見てしまったら、リカコの思うつぼになる気がしたのだ。

彼女はにやりと笑った。

「そういうところが、ダメなの。見ればいいじゃない。見ないようにするのって、本能にも好奇心にも反するわ」

「言いたいことはわかるけど、仕事のパートナーに欲情するのはいかがなものかな。欲情すべき相手は、お客様だろう？」

客を喜ばせる立場の者が倫理的で理性的というのはよろしくないということだ。リカコのもっともな論理だ。

しかし、仕事には規律があるべきだ。当然である。ここで欲情し、リカコを誘ったらどうなる。そんなことのために、布団を購入したのではない。

ピンポーン。

来客を知らせるチャイムが鳴った。

有村だった。リカコの元恋人だ。待ち合わせ場所にしたのだろうか。オートロックを解除すると、ほどなくして、彼が部屋に入ってきた。

「偶然とは思えないんで、おふたりがいらした理由を聞かせてください」

岸谷がうながすと、有村は切り出した。

「姫花さんがひとりで切り盛りしているときは、仕事がびっくりするくらいに不定期だったんだよ。もう少し、どうにかならないかと思って。たとえば、ホームページをつくって営業活動するとか……。岸谷さんが不案内なら、そういうことに詳しいリカコちゃんが教えてくれるから。なあ、リカコ。そうだよな」

「うん、そう……。わたしたち、もっと働きたいと思っているの。ホームページなんて簡単よ。ランニングコストだって、月数千円程度。わたしがページをつくれば無料だし」

リカコが有村の言葉をひきつぐように言ったが、岸谷は即座に首を横に振った。

「宣伝の大切さくらい、ぼくも車の営業をしているのでわかっています。でもね、この仕事はそれをやったらダメなんです」

姫花と話し合ってはいないが、岸谷は断った。ネットで宣伝するなど論外。秘密裏に存在すべきものである。ターゲットは富裕層であって、ネットサーフィンで時間潰しをするような若者たちではない。

「上流階級の人たちしか相手にしないっていう姫花さんの狙いはわかるけど、そうなると、実働が限りなく少なくなるんだよね。いつだったか、一ヵ月丸々仕事の依頼がないってことがあったくらいだから」

稼ぎたいという有村の気持は理解できた。だが、それ以上に、立ち上げたばかりの新たな組織に注文を出し、自分の存在価値を高めたいという野心めいたものも感じられた。

「そう言われても、依頼があって初めて、有村さんに頼めるわけで……」

「仕事を増やすには、今はネットだよ。とにかくネット」

有村はこれまでにもネットの影響力について語ってきた。インターネットのせいで、旅行代理店が厳しい状況に追い込まれていると文句を言っていた。

「姫花さんはイエスと言いませんから。あの人、この仕事にネットはそぐわないと信じているんで」

「彼女はアナログの人間だから、ネットの威力がピンとこないんだよ。依頼を増やすことに努力するのが、君の役目ではないかな。電話番ではないだろう？　姫花さんを説得するのも、君の大事な務めだと思うけどな」

「ぼくは彼女の言いなりです。説得なんてできません」

「だったら、ぼくが代わりにやってあげるよ。技術的なことはリカコが教えるし。この仕事の将来のことも話したいんだよ、ぼくたちは」

「とにかく、姫花さん次第だから」

強引に話を進めようとする有村に対して、岸谷は曖昧な返事をつづけた。

煮え切らない態度を取るのはたやすい。自分を守るための方便として、昼の仕事でやり馴れている。

「あっちにスタッフさんの待機用に部屋を用意していますので、ゆっくりしてください」

岸谷が言うと、有村は仕方ないといった表情で立ち上がって、リカコとともにカーペットを敷いた洋室に入った。

スマホが鳴った。

午後九時四十五分。姫花だ。

「岸谷君、お疲れ様。今、事務所？」

「はいそうです。九時には到着しました。有村さんとリカコさんがお見えになっています。事務所を見にきたようです」

「その様子だと、依頼の電話はまだないようね。焦らずに待っていてね」

「今日も十時半まででいいんですか」

「時間があるなら、わたしが行くまで待っててくれる？」

「はい、そうします」

姫花からのたった一本の電話だけなのに、全身に力がみなぎるのを感じた。彼女が好きなんだ、好きだからこそ頑張れるんだ。岸谷はつくづく思う。それなのに、彼女が客に抱かれるのを目の当たりにしても嫉妬しないのが不思議だ。

待機部屋のドアが開き、有村が顔を出す。

「仕事の電話だった？」

岸谷が首を横に振ると、不機嫌そうにドアを閉めた。

2

姫花が事務所にやってきた時には、午前零時を過ぎていた。

仕事の依頼は、結局一本もかかってこなかった。

十時を過ぎた頃、姫花を待ちきれなくなった有村が、

「ネットの件、必ず彼女に納得させるから、そのつもりで」

と、捨て台詞を残して、リカコと帰っていった。

姫花はソファに座り、深々とため息をつく。岸谷はコーヒーを淹れる。マッサージでもやってあげたかったが、恋人ではないのだから、と自制する。

「オープンしてまだ数日しか経っていないんだから、焦らないことよ。焦っていいことは、ひとつもないの」

姫花の声を、岸谷はキッチンで聞く。

「有村さんは焦ってます。たぶん、生活が苦しいんだと思います。もっと働きたいと言ってました」

「あの人、昔から文句ばかりなの。気にしなくていいわ」

「有村さんがネットで宣伝したらどうかって言っていました。姫花さんはそういうことは

「彼、経営に携わっているわけじゃないんだから、聞き流していればいいの。それにね、嫌いだと思うからって、反対しておきました」

「魂胆なんてあるんですか？　よかれと思って言っているんじゃないですか」

わたし、彼の魂胆はわかっているの」

「絶対に違う。彼はね、経営に参画して、あわよくば、乗っ取ろうとしているの。六本木の店でも同じようなことをされたから、彼のやり口はわかっているの」

初耳だったが、意外な気がしない。有村ならやりそうだ。彼の小賢《こざか》しそうな目が、その証のように思える。

「ねえ、岸谷君。お風呂、一緒に入ろうか」

姫花は疲れを滲ませた顔で誘った。岸谷がためらっていると、姫花に手首を摑まれ強引に風呂場に連れていかれた。

「疲れている時こそ、男の人からエネルギーを分けてもらうの」

全裸になって風呂場に入ると、姫花の表情が急に生き生きとしてきた。

姫花を腰掛けさせて背中にシャワーを浴びせる。マッサージのつもりでゆっくりと時間をかける。自分は仕事をしていないという負い目もあって、忙しく働いてきた彼女をいたわってあげたいという思いが膨らむ。

「やさしいんだなあ。君と仕事ができて、本当によかった」

「仕事のことを考えると、やさしいだけではダメだってことはわかってます」

「さっきも言ったけど、焦らないの。営業マンだからお金儲けに敏感なのかな。君の場合、お金を稼ごうとは思わないほうがいいかもしれないなあ……」

「そういう考えはダメですよ。利益を上げない会社は潰れるんです」

「そのうちに、なんとかなるって」

岸谷は内心驚いていた。姫花がこんなにもおおらかな女性だとは思っていなかった。稼ぐためなら、人を安くこき使うことを厭わないのかと思っていた。

スポンジで石鹼を泡立てる。すべすべの白い背中を泡まみれにする。細い二の腕を洗い、腋の下にもスポンジを滑らせる。

「ああっ、気持がいい……」

ユニットバスに、姫花のうっとりとした声が響く。岸谷は手を休めずに、背後からスポンジを回し、乳房や下腹を洗う。

少し太ったようだ。下腹の肉のつき具合でわかる。でも心配していない。たとえふっくらしたとしても、別の魅力がでてくる。

壮年から老年の男たちは、痩せてギスギスした女は敬遠気味だ。求めているのは、何を言っても許されるような、おおらかさとやさしさが感じられる雰囲気の女性だ。そう考えると、少しくらいはふっくらしていてもいい。

「男と女の仕事って、難しいものですね。数日、電話を待っていて、つくづく大変だなって思いました」

「水商売を長くつづける秘訣は、どんなことだと思う？」

「さあ、わかりません。ぼくの仕事みたいに、モノを売る商売だったら、誠実さといったことになるんでしょうが」

「難しく考えないこと。これが秘訣」

「ええっ？　そんなこと？」

岸谷は思わずスポンジを動かしている手を止めた。

「難しく考えると、必ず、行き詰まるの。そうなると、スタッフ同士で喧嘩がはじまって、いやな空気になって、ついには仲間割れってことになるの」

確かに姫花の言うとおりだ。数人でやっているような小さな組織では、仲間割れは最悪の事態に直結してしまう。

「この仕事をつづけるのって、本当に難しいと思います」

「思い詰めちゃダメ。困難にぶつかっても、どうにかなるって楽観的に考えるように。ダメなら、別のことを考えればいいんだから」

「姫花さんには教えられることばかりです。ほんとに、ありがとう……」

しぶとい女性だ。だからこそ安心でもある。

岸谷はくちびるを彼女の耳の後ろにつけた。湯の滴を舐め取るように、首筋から肩口にすっと滑らせた。肌理が細かくて、くちびるが心地いい。湯を弾く肌はしっとりしている。

「仕事は始まったばかり。十年つづけると思ったら、この数日のことなんて、ちっぽけなことだと思わない？」

愛撫されているが、姫花は話をつづける。饒舌《じょうぜつ》だ。六本木の店での仕事の高ぶりが、まだ収まっていないのだろうか。

「そろそろ、気分を変えたらどうですか。仕事から気持を離すことも大事ですよ」

岸谷はスポンジを置き、姫花の乳房を背後から揉む。ボリュームが増し、やわらかくなっているけれど、芯にある弾力は変わらない。

「ああっ、気持いい……。前と比べると、撫で方がやさしくなっているみたい。わたし好みに変えているの？」

「焦らなくなったんです」

「すごい進歩。何がきっかけ？」

「奇妙に聞こえるかもしれないんですが、気持よくさせようって考えなくなったんです。それよりも、すべてを味わおうって自分の欲を優先させるようになったら、焦った愛撫をしなくなったんです」

「依頼をしてくる人たちにも、そういった気持で接してほしいな」

「たぶん、できると思います」

岸谷はシャワーを使って、泡を流した。彼女を浴槽の縁に座らせ、足の間に入った。太ももの上側を舐める。膝からつけ根に向かう。右が終わったら左。その次は剝き出しになっている割れ目だ。

「ああっ、いい……」

姫花はわずかにお尻を落とし、割れ目を舐めやすいように体勢を変える。

舌先を割れ目の溝にあてがう。くちびるで肉襞をめくる。クリトリスを舌先で探す。硬く尖っている。小刻みに震えているのを敏感に舌先は感じ取る。彼女の高ぶった息遣いが、クリトリスから伝わってくる。

「姫花さんが恋しい……。独り占めできないってわかっていますけど、ああっ、すごく恋しいです」

「わたしも好き。だけど、わかっているでしょう？　わたしたちは大切なビジネスパートナーでもあるの」

「ええ、もちろん」

岸谷はクリトリスにキスをしてからうなずいた。仕事をつづけていくからには、ふたりの関係はいつまでも恋人未満。ビジネスパートナーになると決めた時から、それは肝に銘じていたことだ。

両手を使い、肉襞をめくる。真っ赤に充血していて、割れ目が高ぶっているのが見て取れる。熟していると思ったが、今ここで言うにはよいイメージとして伝わらないと感じて別の言葉に替える。

「ぷっくりと膨れていてきれいです。すごい。襞が赤く染まってきました」

「実況されて、変な気分」

「クリトリスはピンクなんですね。肉襞と色合いが違うのが不思議です」

「そうなの？　自分ではそこまで見たことがないから。男の人ってほんとに、割れ目が大好きね」

「ええ、もちろん。子どもの頃からの神秘ですから。どんなに眺めていても飽きません」

「見ると舐めるとでは、どっちが好き？」

「もちろん両方に決まっています」

岸谷はこの時、自分が確かに変わったと思った。

自動車の営業だけをやっていた時は、性的な自分の嗜好や考えを口にすることはなかった。話したいとも思わなかった。それが今では、照れることもなく嗜好を口にする。言うことで自分を理解してほしいと思う。

割れ目に顔を寄せ、両手で肉襞を左右に思い切り広げる。

円錐形に尖ったクリトリスを見て惚れ惚れする。本当に美しい。女性の中心だ。強いエネルギーが放たれている。

クリトリスの先端をじっくりと舐める。硬く尖っているのを舌先で感じる。そればかりか、細かく震えているのも伝わってくる。

「奥のほうにも舌を入れて」

「奥のほうも感じるんですか？　ほかの部分は鈍感だって、雑誌の記事で読んだことがあるんですけど」

「感じるに決まっているじゃない。女の大切な部分はすべて敏感よ。年齢が上の、子どもができなくなった女の人でも敏感。それとね、どんな女の人も、舌が入っていると想像するだけでも感じるの」

女性は愛撫と挿入だけで感じるのではない。肉の快楽が小さくても、気持の高ぶりで絶頂まで昇っていけるのだ。

舌をねじ込む。先のほうで襞をえぐるようにして刺激を加える。襞を圧したり、弾いたりする。割れ目の内側全体をなぞるように、舌を時計回りに動かす。

「ああっ、気持いい。君の舌って、特別」

「うれしいです、そう言ってもらえると」

「軽く受け流したけど、これって、ほんとだから……」

岸谷はクリトリスを舐めながらうなずく。他愛のない睦言だ。それを聞いて、姫花という水商売の女から、ひとりの素人の女に戻ったのだと思う。

「わたしが客に抱かれているのを見て、嫉妬しない？」

「しないと言ったら嘘になりますよ。だけど、嫉妬したからって何かが変わるわけではないとも思っています。嫉妬は自分を苦しめるだけです。何にもいいことはないので、嫉妬から生まれてくる感情は考えないようにしています」

「よかった」

姫花は短く言った後、さらりと言った。

「わたしだって同じだからね」

うれしいけれど、せつなくもなった。

互いが嫉妬しているのだ。それを我慢して、仕事をつづけているということだ。嫉妬とうまくつきあっていかないといけない。

「ぼくたちはビジネスパートナーだから、嫉妬のことは、横に置いておきましょう。考えたら、苦しくなっちゃいます」

「大人になったわね、岸谷君。棚上げするのが大人の考えだろうけど、せっかくだからもう少し話しましょうよ」

姫花は囁く。それでも、愛撫はつづけてほしいと腰を上下させて訴えている。

「ちょっと冷えてきました。話のつづきは部屋でしませんか」

狭いユニットバスではやはり窮屈だ。たっぷりと丹念に愛撫したい。姫花をもっともっと味わって慈しみたい。

姫花が先に布団に入った。

「家に帰ろうと思ったけど、今夜はここに泊ることにしたわ」

彼女は化粧をすっかりと落としている。しかし、眉毛が薄くなっている程度で、ほとんど変わりはない。

「ねえ、キスして」

姫花が甘えた眼差しを送ってきた。瞼に細かい皺がある。化粧をしている時には気づかなかったものだ。目尻にもほうれい線にも、年齢が確かに刻まれている。

くちびるを重ねた。くちびると舌の感触をゆっくりと味わう。快感を引き出そうとはしないために、舌の動きは緩やかだ。

「久しぶりの気がするな、こんなに時間をかけてキスしたのって。ドキドキしちゃった」

姫花は満足そうに深々とため息をついた。頬を薄い赤に染めている。キスだけでも満足したのがうかがえる。

「ねえ、して」

もっとたっぷりと味わいたかったが、彼女の言うとおりにする。六本木で働いてきて疲れているだろうし、時間も遅い。興奮をささっと鎮めて寝たいという気持もわかる。

岸谷はやさしい微笑をつくりながら、彼女の足の間に入った。陰茎は十分に硬く勃起している。

「入りますよ、姫花さん」

「あぁ、きて」

彼女は膝をさらに広げ、男の体を迎える体勢をとった。

その時だ。

スマホが鳴った。

事務所にかかってきた電話が転送されたものだ。無視して挿入すべきかどうか迷った。

電話は二度目のコールになった。

「電話、出たほうがいいですかね」

「君はどう思う？」

「ぼくにゆだねてほしくないですよ。姫花さんが決めてくれますか」

「ううん、君が決めて」

「だったら……」

岸谷はそこで言葉を呑み込んだ。

次の言葉が、ふたりのこの先の関係を決める気がする。

コールは六度目に入った。電話はいつ切れてもおかしくない。

岸谷は意を決した。

「電話に出ます。ぼくたちは、セックスのパートナーである前に、ビジネスのパートナーなんです」

「よかった。それでこそ長いつきあいができるわ」

岸谷は飛び起きて、電話に出た。

仕事の依頼だった。以前依頼があった夫婦からだ。これから、六本木のホテルに男女ふたりで来てほしいと。

「四人で楽しみたいそうです。どうしますか？　今、電話を保留にしています」

姫花に訊いた。

「わたしはもちろん、いいわよ。君はどう？」

姫花は布団から出て、化粧道具の入ったポーチを取り出していた。目の色が変わっている。客を喜ばせようとする、プロの目だ。

岸谷は電話に出た。

「お待たせしてすみませんでした。ふたり、用意ができました。二時からの深夜枠、確かに承りました」

晴れがましい気持で電話を切った。

新しい人生のはじまりだ。

『特選小説』（綜合図書）二〇一二年八月号〜二〇一四年四月号で連載された「深夜枠」を、著者が大幅に加筆修正しました。（編集部）

光文社文庫

文庫オリジナル
深《しん》夜《や》枠《わく》
著者　神《かん》崎《ざき》京《きよう》介《すけ》

2015年12月20日　初版1刷発行

発行者　鈴木広和
印刷　堀内印刷
製本　フォーネット社

発行所　株式会社 光文社
〒112-8011　東京都文京区音羽1-16-6
電話 (03)5395-8149 編集部
8116 書籍販売部
8125 業務部

落丁本・乱丁本は業務部にご連絡くだされば、お取替えいたします。
ISBN978-4-334-77211-6　Printed in Japan

組版　萩原印刷

お願い　光文社文庫をお読みになって、いかがでございましたか。「読後の感想」を編集部あてに、ぜひお送りください。
　このほか光文社文庫では、どんな本をお読みになりましたか。これから、どういう本をご希望ですか。どの本も、誤植がないようつとめていますが、もしお気づきの点がございましたら、お教えください。ご職業、ご年齢などもお書きそえいただければ幸いです。当社の規定により本来の目的以外に使用せず、大切に扱わせていただきます。

光文社文庫編集部